图书 影视

你我皆是当事人 2

［韩］曹祐诚 著

张晓辉 译

台海出版社

北京市版权局著作权合同登记号：图字 01-2024-3460

한 개의 기쁨이 천 개의 슬픔을 이긴다 : 일과 선택에 관하여
Text Copyright © 2022 by Cho Woo-sung
All rights reserved.
The simplified Chinese translation is published by JIANGSU KUWEI CULTURE DEVELOPMENT CO.LTD. in 2024, by arrangement with SEOSAMDOK CO., LTD. through Rightol Media.
本书中文简体版权经由锐拓传媒取得（copyright@rightol.com）。

图书在版编目（CIP）数据

你我皆是当事人. 2 /（韩）曹祐诚著；张晓辉译
. -- 北京：台海出版社，2024.8
ISBN 978-7-5168-3830-3

Ⅰ. ①你… Ⅱ. ①曹… ②张… Ⅲ. ①故事-作品集
-韩国-现代 Ⅳ. ① I312.645

中国国家版本馆 CIP 数据核字 (2024) 第 070638 号

你我皆是当事人 2

著　　者：[韩] 曹祐诚	译　　者：张晓辉
出版人：薛　原	责任编辑：俞滟荣

出版发行：台海出版社
地　　址：北京市东城区景山东街 20 号　　邮政编码：100009
电　　话：010-64041652（发行，邮购）
传　　真：010-84045799（总编室）
网　　址：www.taimeng.org.cn/thcbs/default.htm
E - mail：thcbs@126.com

经　　销：全国各地新华书店
印　　刷：天津鑫旭阳印刷有限公司
本书如有破损、缺页、装订错误，请与本社联系调换

开　　本：880 毫米 ×1230 毫米	1/32
字　　数：158 千字	印　　张：8
版　　次：2024 年 8 月第 1 版	印　　次：2024 年 8 月第 1 次印刷
书　　号：ISBN 978-7-5168-3830-3	

定　　价：45.00 元

前 言

考虑到当事人的隐私,本书中出现的人名均为化名,笔者对当事人的年龄、职业等细节信息进行了改动(获得案件当事人授权的除外)。

作者的话

那些激励了我的人生智慧

"罗马人赢得了无数场战争的胜利,他们积极进攻蛮族,给其彻底的打击,之后接受蛮族的和谈请求并予以让步。只有胜利之后的让步才有助于建立稳定的新秩序。"

——《罗马人的故事》

这是我在和委托人沟通的时候经常引用的一句话。有的委托人即便明知对方行为不当,也会有意回避冲突,对此我不得不提出这样的劝告。因为回避反而会使事情变得更复杂,我想告诉他们该抗争的时候就要抗争,该妥协的时候就要妥协。因此我在本书的写作中特别关注这类智慧。

⚖

世界有时会无缘无故地刁难我们，我们因此受到了一些伤害。若刁难不可避免，那么我们只能接受，但不管怎么说我们都要调动所有的智慧去克服困难，不能把对方逼上绝境，要用智慧去寻找解决事情的"黄金比例"。

要找到这种"黄金比例"，就必须从整体上了解情况，并且要敏锐地感知并深思对方的立场和想法。要超越只看外表的"见"的阶段，进入洞悉核心的"观"的阶段，最好要到达提出最佳解决办法的"诊"的阶段。本书旨在努力记录下各种闪光的值得人们借鉴的事例。

职业生涯中遇到的很多纠纷对我来说就是"修炼场"。在场中我遇到了很多"高手"，我因他们的智慧而感叹，也向他们学习。在这个过程中，我找到了长久以来困扰我的问题的答案。本书便是我找到的大大小小问题的答案的集结。

最后，本书献给哪怕有一丝的可能性也会全力寻找对策，为了最终取得好的结果而一起哭泣、一起欢笑的我的委托人们。我相信我会继续这样修炼下去，在这个过程中我能够领悟、收获很多的智慧，并向前迈进。快乐和悲伤是交织在一起的，有胜利便会有失败。真心希望阅读本书的读者能够和我一起成长，把这些温和的、令人感动的人生真理铭记在心。

曹祐诚

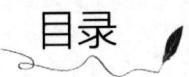

前言

作者的话

1. 对站在悬崖边的人说的一句话 / 001

2. 以为的乙方其实是甲方 / 011

3. 拿回被拖欠工资的最戏剧化的方法 / 023

4. 物极必反 / 033

5. 不是不知道正确答案,只是不做而已 / 041

6. 我只是好心给了他一点而已 / 053

7. 人生有时为什么是"100-1=0" / 063

8. 只有"有证据的真相"才能生存 / 075

9. 懂规则的人 VS 不懂规则的人 / 087

10. 只有倾听才能让对方敞开心扉 / 095

11. 坚守原则和信念这件事 / 103

12. 比律师函更有力量的一封信 / 115

13. 被诱惑动摇的你将要经历的事 / 123

14. 反面角色也要尽善尽美 / 133

15. 为什么要如此地饮鸩止渴 / 143

16. 世界上最有价值的讨好是赢得好感 / 151

17. 用法律常识巧妙设计的心理游戏 / 159

18. 一起案件,两种真实 / 167

19. 每个人都有自己的处境 / 177

20. 不应触碰他人逆鳞的理由 / 185

21. 吃一堑,长一智 / 197

22. 站在高手的视角看世界 / 207

23. 一切解决问题的头绪都在于人 / 215

24. 向亚里士多德学习说服的技巧 / 229

25. 我选择做律师的原因 / 239

1

**对站在悬崖边的人
说的一句话**

"曹律师,春节前很忙吧?能抽出三十分钟吗?我有事想找你商量。"

1. 对站在悬崖边的人说的一句话

来找我的是朴大峡。不知道这位朋友这次又会告诉我什么奇怪的事情。他是我律师生涯第三年前后因为熟人的介绍而认识的。他曾因创业赚了一大笔钱，此后他以这笔钱为跳板往返于中国香港和韩国，发展了多项事业。他和我同岁，人很善良，性格也不错。作为一名成功的企业家，他娶了一位漂亮的妻子，过着让人羡慕的生活。

我受大峡的委托，帮他审阅合同，提供相关咨询。但是，不知道是否由于上天嫉妒他，他雄心勃勃的大投资最终以失败告终。他赔掉了此前积攒的全部财产，一夜之间债台高筑。他从受人尊敬的年轻企业家突然间成了失败的创业者。

即便如此，他也没有气馁，对前来要债的债权人说"只有我好了，才能把欠老板您的债还清，不是吗？不要逼我这么紧，给我点支持"，还和他们要贫嘴说给他们报销路费。不过，他在见到我的时候吐露了自己的真心话。

"我的妻子受苦了。以妻子的名义申请的七张信用卡中有六张是我用的,拆东墙补西墙,以卡养卡。曾经天下无敌的朴大峡现在是什么落魄样子?我只要再有一次机会就好了……"

大峡没有放弃,他东奔西走,寻找新的商机。

俗话说:"曾经飞过一次苍穹的人,即使陷入泥潭,眼睛也会朝向苍穹。"大峡就是这样。如果能从小事做起,慢慢爬起来就好了,但他不把100亿韩元以内的交易看在眼里。因为急于翻盘,他来委托咨询的项目都是风险很大甚至是荒唐的,如此屡次白忙活。这种情况不知不觉已经两年了,他背负着巨额债务生活,可以想象他每天过得都很艰难。

今天他究竟带来了什么项目呢?会议室里,大峡坐在我的对面,依然充满信心。

"祐诚啊,这件事,你先不要有偏见。你听我讲完。你听说过尼古拉二世吧?俄罗斯帝国最后一位皇帝,十月革命时一家人都被杀害了。他的亲戚和大臣们抢走了他的巨额黄金和宝物。"

我拼命控制自己的表情。

"那么多黄金和宝物,秘密转移起来该有多麻烦啊,动员了很多人的。他们期待着有一天能重建帝国。然而……"

大峡环顾四周,好像怕有人偷听,招手示意我靠近他一些。我努力保持严肃,向大峡倾了倾身子。大峡低声说道:"你知道尼古拉二世的黄金和宝物在哪里吗？有消息说埋在了蒙古国很难找到的地方。这次真的是偶然的机会让我遇到了有宝物地图的情报员。上周我和他去了蒙古国，确认了宝物的位置。

"我知道这听起来很荒唐，但海外报纸报道称，加拿大企业在蒙古国发现了金矿，尼古拉二世的部分宝物被找到了。宝物地图上标记了三个还没有被人找到的藏宝地点。只要从蒙古国政府获得开采权，寻宝游戏就结束了。只是刚开始的时候需要启动资金，所以我想以这个开采权为依据，吸引一些投资。我需要起草合同，就来找你帮忙了。"

想以这种事为由，从外部获得融资？如果被他人以"投资欺诈"起诉怎么办？这些出于本能的疑问在我脑海中闪现，警示我不应该让他这样做。

我很苦恼，一时不知道该怎么跟大峡说明。我让他等我一会儿，然后以"矿山""投资""欺诈""拘留"等为关键词，搜索了相关报道。不知是否应该觉得庆幸，我检索出了和大峡描述的情况类似的投资欺诈案例，这些案例都触犯了刑法。

"大峡啊，你也仔细读一下这些报道。"

在了解的过程中，大峡的表情逐渐阴沉下来。

"朋友啊，我一般会站在你这边的，但这次不一样，真的。这一看就像是一个火坑，只能远观不能往里跳呀，我的朋友。"

大峡什么也没说。

"弟妹不是怀孕了吗？越是这样，越不能做危险的事情。我不知道这样说是不是越界了,但这种话,别人可能也不会对你说吧?别人不关心你做的事情危不危险,反正对他们来说只要有钱赚就是好事,他们有钱分就行;但如果事情进展不顺,受伤的就只有你。"

大峡不好意思地笑了。

"我也知道这样很危险,但有可能真的有宝藏。"

"尼古拉二世的宝物都藏了一百年了,为什么偏偏落入你的手中呢?你真的认为自己是上天眷顾的幸运儿吗?这种幸运让给别人也罢。"

见我如此强烈地反对,大峡露出了无可奈何的表情。正好有个电话打了进来,他说去接个电话就离开了会议室。我暂时回到我的办公室让自己平静下来。自己的朋友兴致勃勃地想做点事情,我却让他泄气,我心里也很不舒服。我坐到桌前,然后打开电脑,敲着键盘,写了一封信。

    致亲爱的朋友:
        我还是忘不了第一次见到你时的样子。
        你突破重重困难创业,
        你是我的榜样。
        虽然现在的你有些疲惫又无助,
        但我相信你。
        你会东山再起,

1. 对站在悬崖边的人说的一句话

会比以前更加潇洒。

希望你不要失去勇气。

永远相信你的朋友

祐诚

信写得的确很幼稚，但这是我的真心话。我把这封信打印出来放进了信封，并往里放了五张商品券——我的一个委托人几天前送给我的春节礼物。我把大峡送到电梯前，然后把信递给了他。

"嗯？这是什么？"

"不是过年了嘛，给弟妹买份礼物吧，这也是你作为丈夫的体面嘛。"

"你怎么还给我这个呢？"

泄气的大峡连连推辞，因为他总是给别人送礼物，并不太习惯接受礼物。此后，我再也没有从大峡那里听说蒙古国金矿的事情。

那件事发生后的六七个月的时间里，大峡的生活发生了戏剧性的变化。以前欠过大峡人情的后辈向他引荐了一个不错的并购项目，大峡充分发挥才能，顺利地开展了起来。后来他又接连成功地做了两三个并购项目，这为他短时间内东山再起奠定了基础。人才果然是人才。我通过报纸了解到了大峡的出色表现，感到很欣慰。

那年中秋节前夕,大峡久违地给我打来电话。他喝得醉醺醺的,让我马上到他的办公室去。

"呀,好久不见!很抱歉这段时间没联系你。"大峡拍了拍我的肩膀,提议一起走一走。"我真应该早点好好谢谢你。可是我总想着混出个样子之后再打招呼,所以忍住了。好不好奇我想对你说什么?"

原来,大峡来找我咨询尼古拉二世宝物的时候,也正是大峡的妻子向他提出离婚的时候。他的妻子之所以提出离婚,一方面是因为经济困难,另一方面是因为她也因大峡一直沉溺于虚幻之事而心灰意冷。然而越是这样,大峡越急于干一票大的,以向妻子证明自己。

那天大峡见过我之后,回家便把我的信和商品券交给了妻子。大峡的妻子看完信,沉默了半天,边哭边说"你的朋友这么信任你,我作为家人竟然……对不起"。

之后,大峡把我的信贴在了电脑旁边,为了让自己也让妻子能时时看到。

"那封信现在还贴在那里。你知道吗,每次我喝醉酒晚回家的时候,你的名字一定会被提到。你对我的妻子来说就是'兑现支票'。哈哈哈……真的很感谢你。"

然后他把一个白色的信封塞进了我的口袋。

1. 对站在悬崖边的人说的一句话

"给弟妹和孩子们买好吃的,剩下的就当自己的小金库吧!这是我表达谢意的方式。中秋节快乐!"

啊,我写的信竟然起到了那么大的作用。我数了数信封里的现金,吓了一跳,几乎是升借斗还。

大峡后来又做了几个项目。现在只要长时间不联系他就会打电话来,胡侃一番。

有人说,"原谅难以原谅的人才是真正的原谅"。信任也是如此,相信难以相信的人才是真正的信任。一度想着干件大事的大峡没有得到妻子的信任,妻子甚至有了离婚的想法。但因为我对他表现出了无条件的信任,这让他的妻子开始反思,于是决定再相信丈夫一次。对大峡来说,这种信任就是他重振事业的巨大力量。

"但我相信你。"

我在信中写的这句话所带来的蝴蝶效应,现在想想也是令人惊讶和激动的。因为几次失误而失去信任的人,会想尽办法恢复信任,但这种急躁心理会导致更大的失误。

望着急躁之人的眼睛低声细语地说一句"我相信你,别忘了你对我来说是很重要的人"吧。我相信你会体会到这句话能给对方带来多大的帮助。

2

以为的乙方
其实是甲方

"那位戴眼镜的保安以前是语文老师？怪不得看起来很有素养。"

2. 以为的乙方其实是甲方

据我母亲说，我们小区的保安中有一位曾是高中语文老师。我每天早出晚归，对他了解不多，最多只是见面时打个招呼。

有一天下班后，母亲拉住我坐下，跟我说起了这位保安——宋大叔。宋大叔的妻子很早就去世了，他独自把儿子抚养长大。他儿子在一家不错的公司工作，最近结婚了。

"但是令他自豪的儿子遇到了让人头疼的法律问题。平时老宋不管是对我还是对你爸都很好。现在这样的人很少了。你能抽时间了解了解发生了什么事，然后帮帮他们吗？"

就这样，我见到了保安宋大叔的儿子宋永乐。

"我父亲告诉我的，所以我就过来找您了。我也咨询了几家律师事务所，但他们都说没有什么好办法，我心里很是郁闷。"

宋永乐今年三十二岁，是制造、销售铝型材及板材的中小型企业 H 公司的科长。他的主要工作是销售，但由于建筑业不景气，从去年开始，宋科长的销售业绩一直低迷。公司内部也传出了人事架构调整的消息。为了达成业绩，宋科长迫切需要做成一笔大交易。

　　焦头烂额之际，宋科长的大学学长给他介绍了中型企业 I 公司。因此宋科长见到了 I 公司负责采购的韩部长。I 公司在业界排名第二，如果宋科长能与 I 公司达成交易，就能一举改变两年业绩不振的局面。

　　宋科长和韩部长见了面，第一印象觉得对方是个豪爽的人。

　　"太好了。我们公司计划明年在忠南①西山那边新建工厂，如果产品型号和价格条款合适，就能达成交易。让我们促成合作吧。"

　　从第一次见面开始，韩部长就对宋科长很是亲切，还对他说以后双方可能会有更大的交易。如果 H 公司能够成为 I 公司新建工厂的供应商，H 公司的销售额将增加 10 亿韩元。这等于是给悬崖上的宋科长送来了救命的绳索。

　　此后，宋科长放弃了挖掘其他合作方的想法，专注于促成与 I 公司的交易。韩部长一有需要就叫宋科长去。宋科长根据韩部长的要求提交样品，还多次举行产品说明会。韩部长问他能不能根据他们公司的要求制作样品，宋科长竭力说服自己公司的开发组，说很快就能达成大笔交易，因此投入了额外的费用来制作样品。另外，韩部长喜欢喝酒，经常在晚上叫宋科长外出，全是宋科长买单。

---

① 忠清南道的简称。道是韩国地方的一级行政单位。如无特殊说明，本书脚注均为译者注。

2. 以为的乙方其实是甲方

⚖

有一天,宋科长又被韩部长叫了出去,但那天,韩部长的表情与平时不同。

"宋科长,这可怎么办啊!我这准备工作都快做完了,但上面突然下达了命令,这次的工程好像很难用宋科长公司的产品了。"

宋科长脸上的血色忽地消失了。这是什么晴天霹雳的消息?宋科长一直向公司汇报项目进展,还充满希望地提交了表示不久后会有好消息的报告。

"啊,韩部长,这样的话我会出大事的。这段时间不是没有什么问题吗?"宋科长焦急地追问。

然而,韩部长似乎觉得这不是什么大不了的事情,漫不经心地说道:"哎呀,我们又没有正式签约。我也想合作成功的,但是公司的事情也有我不能掌控的部分。这次有点难办啊!等下次有机会了,我会第一时间找宋科长。这次没办法了,也请宋科长理解。"

也就是说,花了三个月时间维护的项目不了了之了。我虽然觉得宋科长的处境尴尬,但至于究竟该如何解决这个问题,我一时也想不出好主意。我想详细了解情况,于是向宋科长问道:"韩部长为什么突然改变了主意?"

"我也通过各种渠道打听了一下,发现韩部长脚踩两只船,其他公司似乎下了更大的赌注。我觉得他平时也总是期待我提供点什么,但那是我无法承受的经济负担,所以我装作不知道。"

"之前您咨询过的法律人士都说了什么?"

"我咨询过两位,他们表达了类似的意思,说我们公司没有和I公司签订合同,所以韩部长的行为没构成违约,况且韩部长也没有实施诈骗、威胁,因此很难追究其损害赔偿责任。他们说这是一个很难追究法律责任的'三角地带'。"

宋科长说罢,长叹了一口气后说道:"而我呢,我一直向公司报告说和I公司合作项目的销售情况将很可观,但现在事情搞砸了,我真的很为难。我怕因为这件事被公司追究责任,说不定还会被劝退。最近公司里的气氛真的很不好。如果能说服I公司,哪怕只购买一定份额的产品,那我也就满足了……"

韩部长似手握长剑,决心已定。正如其他律师所说,宋科长很难在法律上追究I公司的责任。这是典型的"甲方做派"。我让宋科长给我几天时间考虑,就和他告别了。

我整理了一下情况:宋科长还是想和I公司达成交易的,因此,不能与I公司完全对立;特别是与掌握购买决定权的韩部长,和他的关系是问题的关键——他已经决定向其他公司订货,因此哪怕宋科长贸然地说出攻击他的话,他也会嗤之以鼻、置之不理。因此要想既能强势地表达态度,又不与之结仇,着实难办。

我翻遍了判例集和相关书籍,努力寻找适用于这件事的案例,终于发现了一道"缝隙"。老实说,我也暗暗有过"啊,这样行吗"

的自我怀疑，但是终究觉得死马应当活马医，因此写了一封内容函，写完后打电话叫宋科长来当面沟通。沟通了两个多小时，最后我把内容函塞到了宋科长手里。

"宋科长，目前只有这个方法了，您试一试吧。"

"我能行吗？"

我像一个把选手送进赛场的教练似的拍了拍宋科长的肩膀，给他加油鼓劲。

宋科长没有事先联系韩部长便突然到访。

"韩部长，很抱歉贸然来访。"

韩部长的脸上露出了不满的神色。

"宋科长，您也是能听懂话音的人……我又不是要故意搞成这样的。不是说了这次合作有点困难，下次有机会再合作吗？"

"是的，韩部长。我完全理解您的立场，但是我屡次跟公司汇报说 I 公司下订单的可能性很高。这都怪我'嘴碎'。上次部长您对我说这次交易有困难，我就如实向公司报告了。我们总务说这样单方面中断交易是有问题的，说要采取法律措施。"

"什么？法律措施？我们都还没签合同，要采取什么法律措施？"

"就是啊。我其实也不太懂法律，听我们总务说，从大法院的判例来看,即使未签订合同,如果在合同洽谈过程中单方面打破约定,也要承担损害赔偿责任。"

韩部长的脸红了。

"于是我对我们总务解释说'韩部长为我们这项业务花了很多心思,我们不能这样做。以后也要合作的',但是总务说公司的事情不能这样处理。据他说,大概后天会向I公司代表理事发送内容函……反正事情现在搞大了。"

"什么?内容函?"韩部长瞪大了眼睛。

"我没有权限去违背总务的意愿,不过我刚才收到了总务起草的内容函,部长您要不要看一下?"

于是宋科长把我写好的内容函草案递给了韩部长。

收信人:I公司代表理事×××

发信人:H公司代表理事×××

主题:关于单方面撤销合作的损害赔偿请求

1. 祝贵公司日益强盛。

2. 在过去的三个月里,我公司销售代表就我公司铝型材及板材供应及安装做出了切实的努力并与贵公司采购代表进行了切实的沟通。我公司销售代表应贵公司采购代表的要求,多次进行了样品制作和展示。

3. 但是贵公司的采购代表于5月10日前后,在并无正当理由的情况下,单方面中断了关于合作的洽谈。

4. 虽然贵公司和我公司至今尚未签订具体的合同，但根据大法院的判例（1999年第四卷第40418号判决），在合同洽谈阶段，给予了对方能够正常签约的承诺，但又在并无正当理由的情况下拒绝签约，是逾越合同自由原则的违法行为。对此，我公司正在准备发起因贵公司采购代表的非法行为而造成损害的赔偿请求，且为了保障我公司的被保全权利，我公司将对贵公司的不动产或债权申请保全。

5. 我公司认为在采取法律措施之前，有必要事先告知贵公司以上事项，因此向您发送本函，对此我公司深表遗憾。

2018.6.20

H公司代表理事×××

韩部长盯着内容函看了半天后，闭上眼睛陷入了沉思。他曾得意地说，预计今年年末会晋升到管理层，但这封内容函很有可能让他的晋升希望破灭。

"啊……宋科长，这到底怎么回事？"

"韩部长，我想竭力阻止，但是我们总务……"

韩部长苦苦思索了许久，一脸为难地说："那么，您看这样做如何？毕竟我已经跟其他合作方说过了，所以很难把全部订单……总之我会调整一下，把部分采购额分给H公司，大约4亿韩元左右的采购额怎么样？"

"啊，如果您可以这样安排的话，我当然感激不尽，只是让部长您为难了。"

"这样的内容函绝对不能发到我们公司来。我这样处理，可以阻止这封内容函的发送吗？"

"可以的，部长您这么费心……不管用什么方法，我都会阻止我们公司发送这封内容函的。"

最终，H公司与I公司签订了4亿韩元采购额度的合同。虽然没有达到最初预计的10亿韩元，但由于打破了交易额纪录，宋科长在H公司颇受好评。我也因为这件事获得了母亲和保安宋大叔的称赞。

解决宋科长难题的方法，主要有两个：一是大法院的判例（1999年第四卷第40418号判决）起到了决定性的作用，在合同洽谈的过程中，其中一方若在没有正当理由的情况下中断洽谈，被违约方也可以向违约方提出损害赔偿请求；二是我运用的"红脸白脸"战术也起到了作用，即宋科长扮红脸，总务扮白脸，两者结合，适当地压迫对方，从而得到了想要的结果。

2. 以为的乙方其实是甲方

当我们受到委屈时，会感到愤怒或沮丧，不自觉地念叨"果然我就是乙方"或"甲方那么强硬，乙方我没有办法"，感叹自己的无能为力，不禁对自己所处的情形感到绝望。

然而聪明的人在这种情况下不会白白消磨时间，而是集中精力想办法克服困难，找到解决问题的办法。矫情是无用的，强词夺理也是行不通的，我们需要的是成熟的办法。"知识就是力量"这句话不仅仅是书中的名言，更是生活的利剑。

这次我们之所以能够突破危机，是因为很好地运用了法律知识和协商战术。若未能好好运用这些知识和战术，宋科长可能就会因为韩部长的违约而不得不辞职。总之，不要觉得自己是乙方就一定会被欺负，乙方也可能成为甲方。

3

拿回被拖欠工资的
最戏剧化的方法

叮咚！Facebook 消息的提示音响起，但该信息的发送人名字不详。

3. 拿回被拖欠工资的最戏剧化的方法

"我从小就喜欢看有关律师的文章。我是一名企业营销创意讲师,最近在工作中遇到了法律问题,所以想找您咨询一下。"

我说打字沟通的话,可能需要很长时间,所以让他直接打电话。

金胜宇先生今年四十岁,他辞去了之前的工作,现在是独立讲师。独立讲师虽然看起来很风光,但实际上是很辛苦的。独立讲师可以直接从有培训服务需求的企业收到讲课要约,但更普遍的服务模式是代理公司从企业收到培训需求,再向合适的独立讲师发出邀请,然后独立讲师以包课程的方式提供培训服务。

金胜宇在三个月前接到 P 代理公司的邀请,给韩国国内数一数二的大企业 S 公司的职员,进行了为期五天共计四十个小时的以"组织革新和领导力"为主题的课程培训。代理公司口头和金胜宇约定讲课费为每小时 15 万韩元,共 600 万韩元。这样的条件还是不错的。

金胜宇为了这次授课,特意聘请了助理讲师。助理讲师的费用为 100 万韩元，是要用自己的讲课费去支付的。金胜宇原来很想一个人完成此次授课，把 600 万韩元全拿到手，但为了确保课程质量，只好如此。

⚖

金胜宇的月平均收入在 200 万韩元左右，但他说自己的工作并不稳定。他本来结婚就晚，还迟迟没有孩子。这一度让金胜宇夫妇很是苦恼，但幸运的是，去年妻子怀孕了，现在预产期快到了。因为没有长辈来帮着做产后调理，所以夫妇俩决定在产后调理院①进行调养，收费标准大概是两周 250 万韩元。虽然也有费用低一些的地方，但金胜宇想让妻子在好的环境下调理。给 S 公司做讲师可以赚到 500 万韩元，这让他安心不少。经济上紧张的人过日子要精打细算，如同结构精巧的齿轮，哪怕只有一点错位，也会陷入困境。

"我喜欢讲课，但一天讲八个小时，连续讲五天，真的让我筋疲力尽。不过这次培训也真的做得很开心。课程评价满分是 5 分，我拿到了 4.7 分。作为讲师，得到了这么高的评价，尤其能感受到这件事的意义。然而，代理公司到现在还没有支付费用。"

S 公司以按时支付讲师培训费而闻名于业界，因此 S 公司不

---

① 即月子中心。

3. 拿回被拖欠工资的最戏剧化的方法

可能不向P公司支付费用。然而培训课程结束后，P公司一直没有消息，于是金胜宇在等待了两周后，小心翼翼地向P公司提出了结算其讲课费用的要求。

"正在结算，请您再等一段时间。"相关负责人反复这样回答。

金胜宇已经先自掏腰包给助理讲师支付了100万韩元，因为他比任何人都清楚身为独立讲师的困难处境。

金胜宇虽然觉得一直讨债有伤自尊，但事已至此，再三犹豫之后，他给P公司代表打了电话。P公司的金代表也以"请您稍等几天，财务正在结算"作为借口敷衍他。

然而金胜宇偶然从别人那里听说，P公司现在的资金状况已经非常紧张，从去年开始就常有拖欠讲师费用的情况。金胜宇感到不安，便顾不得面子，给金代表打了电话，但金代表从某个时刻开始就不接电话了。他又联系了相关负责人，然而又被告知"这些都是代表决定的，您直接给我们代表打电话吧"。金胜宇郁闷地直接去了P公司的办公地，但大门紧锁。

金胜宇急得头发都变白了。他千方百计打听才知道，P公司还接下了其他公司的培训业务，生意做得好好的。因此，金胜宇觉得P公司是在故意回避他，再这样下去就拿不到钱了，于是咨询了认识的律师。律师们提供了两种办法。

第一,对 P 公司提起民事诉讼。但是进行正式诉讼需要很多时间和费用,因此律师建议他采用简易程序中的支付命令①这种方式进行追债。如果申请支付命令,而对方又没有提出异议,那就能很快解决问题。这种方式大约只需要三周到一个月的时间。

但是如果对方提出异议,就会转换为正式诉讼,继而需要额外的时间和费用。此外,即使对方未提出异议,只要对方不支付费用,那也要通过申请强制执行程序来强制执行,这一过程也存在时间和费用的问题。采用此种办法,律师的费用为 150 万韩元(按照实际消耗的费用计算,申请强制执行的费用另计)。

第二,对 P 公司的金代表提起刑事诉讼。如果他从一开始就抱着不支付费用的想法让金胜宇讲课,就有可能构成刑法上的诈骗罪。但要认定诈骗,金胜宇必须举证"P 公司从一开始就不想支付费用"。

最近警察办案的风格是,他们不喜欢本可以通过民事程序来解决的问题变成刑事案件,因此如果诉状写得不够详实充分,干脆就不予受理。因此,写好刑事诉状比什么都重要。律师协助起草诉状和提请刑事诉讼程序的费用是 300 万韩元。律师说,只要提请的刑事诉讼能被受理,问题就会很快得到处理。

"民事诉讼和刑事诉讼都进行的话,对我来说,负担太重,

---

① 支付命令是以给付一定数量的金钱或有价证券等其他替代物为基准的请求,法院可在不进行辩论的情况下,根据债权人的申请,责令债务人给付。与民事诉讼相比,支付命令的申请费用较低,程序简单快捷。韩国《民事诉讼法》第 462 至 474 条对该方式的适用情况、管辖法院、申请方式等做出了详细规定。

所以我打算优先进行效果更强的刑事诉讼程序。但我还是不太确定，所以冒昧地向律师您请教。"

我了解了事情的整体情况后，觉得 P 公司要么是真的在运营方面遇到了困难，要么是为了最大限度地拖欠欠款而耍花招。

我问金胜宇："您以后还会和 P 公司合作吗？"

"不了。经过这次的事件，我觉得我不会再和这家公司合作了。"

如果不想再和 P 公司合作，那么多用点气力去争取也无妨。对金胜宇来说，P 公司肯定是甲方，但在另一种关系中，P 公司不也处于乙方的位置上吗？我认真思考着。

"我会替您写几段话并先发给您，然后您把这几段话转发到 P 公司金代表的电子邮件、短信、Kakao Talk① 上。"

"可是那个人已经不接我电话了，无论我通过什么方式联系他，他都不回复我，怎么办？"

"那也试一试吧。不管怎么样先发一下。"

我写的几段话是这样的：

致金代表

　　感觉您最近很忙，所以通过这种方式联系您。很抱歉我总是催促您支付我为 S 公司做培训的讲课费，给您

---

① 韩国非即时社交软件。

添麻烦了。但我也急着用钱，所以这也是没办法的事。

仔细一想，如果代表您从S公司收到了款项，您是不可能不支付我费用的，我终于意识到了这是S公司的问题。S公司的刁难让您承受了不少委屈吧？

我打听了一下，S公司的伦理经营部门负责监督S公司自身各部门作为甲方的仗势欺人行为。我要向S公司伦理经营部门投诉，揭发S公司的培训部门刁难乙方的事实；揭发他们给中小型代理公司P公司带来了诸多困难，继而又给像我这样的独立讲师带来了诸多困难的事实。我倒要问问他们，这是大企业应该具备的形象吗？我想，他们如果接到投诉，S公司的培训部门将会在他们公司内部受到批评。

我替您跟进这件事。请您少安毋躁。很抱歉这段时间如此催促您。祝您身体健康。

金胜宇通过邮件、短信、Kakao Talk等方式把上述文字发给了金代表，三十分钟后，金代表回复了。

"好像是互相误会了。我最近忙着接新项目，所以没能及时给您反馈。抱歉。请告诉我您的账号，我马上给您处理。"

金胜宇把账号发过去后，马上就收到了600万韩元汇款。战战兢兢了三个月，没想到问题竟然这么轻松地解决了，真是不可思议。

P 公司今后还要与 S 公司合作，如果金胜宇的投诉进入 S 公司，那么 P 公司与 S 公司的合作就会化为泡影。金胜宇的投诉将触及金代表最在意的利益，因此问题得以解决。

后来金胜宇给我打电话，对我说："非常感谢律师您。我想给您奉上谢礼，但我不知道应该做些什么，麻烦您告诉我。"

啊，这真是个难题。通话不过五分钟，写那几段话也就用了十分钟，这样就收费有点说不过去，所以我回道："不用了。我也算是顺手做了一件好事。"

"不行的。我任何表示都没有肯定是不恰当的。请您告诉我该怎么做吧。"

我想了想，提出了这样的建议："您说您在做营销创意方面的授课，对吧？那么，请您来我担任顾问的企业讲一次课，讲两个小时左右怎么样？我也要对担任顾问的企业承担一部分管理事务，如果您来讲课，我也会很高兴。如果这家企业对胜宇您的授课感到满意，以后或许还会邀请您来进行付费课程的讲授。"

"那太好了。这是完全可以的。不是两个小时，而应该是四个小时的课程。"

我觉得这样很好。我也能给担任顾问的企业送上漂亮的礼物，真是一石二鸟。同时，我真心希望通过此次事件，P 公司的金代表能有所感悟。

关系是相对的。在某种关系中，自己或许处于优越的地位，但在另一种关系中，情况可能会截然相反。有些人没有意识到这种身份翻转的规律，对待弱者特别苛刻。但越是这种秉性的人，如果有一天遇到更强的人，其自身就越有可能遭遇更大的苛刻。

有句话叫"鹰立如睡，虎行似病"，意思是鹰像打瞌睡一样没有精神地站着，老虎像生了病一样有气无力地走着。其暗含的意思是人要隐藏自己的实力。真正的高手绝不会随意虚张声势，也不会逞匹夫之勇。

4

物极必反

G公司拥有包括首尔在内的韩国五个主要城市主要区域的大型广告牌的运营权。

4. 物极必反

　　G公司为选定首尔地区广告牌运营商进行了招标，多家企业参加了投标，经过文件审查和现场展示，最终D公司中标。D公司的中标可谓提升其业界地位的绝好机会。

　　G公司向D公司发送了业务委托合同草案。不出所料，合同中有G公司作为甲方傲慢的痕迹。这样的条款有五条之多，主要是违约责罚过高、是否续签完全取决于G公司、D公司在执行过程中对于业务稍有延迟也会被定为解除合同的事由。

　　D公司法务负责人崔夏振科长与法律顾问商议后，起草了合同修改意见书，并寄给了G公司。G公司合同负责人朴洪植次长收到意见书后，立即向崔科长致电。

　　"您不想签合同了吗？您以为贵公司中标了，我们公司就会无条件地签合同吗？如果合同条款与我们要求的不符，我们只能取消中标，重新招标。"朴次长用很不耐烦的声音向对合同细节提出异议的崔科长说，"到目前为止，与我们公司洽谈合作的公司中，您这边是唯一一家对我们公司的合同评头论足的。如果您不接受合同条款,您不签不就行了吗?"

崔科长陷入了可能失去合作机会的危机感中:"啊,次长,对不起。我们没有签过这么大型的合同,经验欠缺,失礼了。"

但是如果按照合同草案签订合同,就等于抱着炸弹来回走,稍有不慎就会陷入"胜者的诅咒"。要履行其中的条款,D公司至少要投入5亿韩元。从合同草案来看,G公司掌控了全局,而D公司的权利很有可能得不到保障。当崔科长小心翼翼地指出这部分时,朴次长嗤之以鼻地说:"到目前为止,我们公司已经连续五年这样签订合同了,合同内容从未变更过,也没有人提出过异议。所以我们怎么会专门对D公司变更合同内容呢?我们公司的方针是按照我们这份合同签约并执行。"

"好的,了解了。"

崔科长只好屈服。

灰心的崔科长回到公司,向代表理事报告了情况。D公司采取共同代表理事制度,有两名代表理事,黄代表负责营销,尹代表负责财务和企划。两位代表理事的行事风格大相径庭。黄代表是以关系为导向的人,遇事不想节外生枝,相信"和气生财"。尹代表认为凡事应该以不给公司造成损失为底线,在有些事情上就得较真。因此,对于崔科长的报告,两人的反应明显不同。

黄代表认为:"到目前为止,其他公司都没觉得这是个问题,只有我们这样,如果因此被G公司盯上,那以后的工作可能会有很多问题。就按照他们的主张签约吧。"

4. 物极必反

尹代表认为："我们前期要投入的金额相当大，不能在对我们不利的情况下签约。他们合作的上家广告代理不是也因为合同受到了困扰吗？这么快就忘了？即使很麻烦又为难，也要说服 G 公司的负责人，让他们修改这种合同。"

两位代表理事的想法大相径庭，令崔科长深感为难。如果分毫不让地坚持修改合同，那么签约本身就会成为问题，自己会受到黄代表的指责；而如果按照 G 公司的意愿签订合同，自己就可能会被尹代表认为是无能的职员。

当我这位久违了的大学后辈崔科长来找我咨询时，我不由分说地"责怪"起他来："这真是个难题。你怎么总带着这么麻烦的事来找我？"

"前辈，对不起，真的很抱歉，但是我真的进退两难。您有什么办法吗？"

实际上，甲方单方面制定对自己有利的合同条款并坚持不修改，这种事情是很常见的。既想要避免被毁约，又想要适当修改"霸王"条款，这就像要在雷区里避开地雷前行而到达目的地一样棘手。

"他们只有这一份固定的合同并且持续使用，对吧？"

"是的，内容没有变更过。"

"他们主要使用的合同类型是业务委托合同吗?"

"是的,他们公司是把所在区域内自己所拥有的场地的广告牌交给我们这样的代理公司运营,合同内容也是依此起草。我本来也想就这么算了,但有几个条款对我们来说,隐含的风险太大了。"

突然,我想到了一个办法。我向崔科长说明,他认真倾听,并且当场决定用我提供的办法和 G 公司进行商讨。

第二天,崔科长给 G 公司朴次长打了电话:"朴次长,上次和您沟通后,我们内部开了会,但是出了个问题。我们代表让我确认一下 G 公司您这边这段时间是否只使用这一份合同模板?如果方便的话,您能否把该事实以简单的邮件形式向我方说明,方便我们内部决策。"

朴次长再次用不耐烦的声音回答说"知道了"。朴次长发来的邮件非常简单。

> 附件是我公司与委托企业签订的业务委托合同文本,这是我公司与所有合作企业一并使用的通用合同文本。依据我公司经营方针,我公司不接受任何条款的修改或补充,特此通知。

第二天,崔科长前去找了朴次长。

"次长,还是出了点问题。我本来想按照贵公司的合同草案让我们公司和贵公司签约的,但我们的监事提出了异议。他说这是违法的。"

"什么？违法？"

"是的，您不是说G公司一直以来与那么多家企业签订的业务委托合同都和这份合同一样吗？因此，这份合同就不是一般合同，因为它符合了《约款规制法》上的'约款'[①]的认定标准。"

"不是，这是合同啊，怎么是约款合同？"

"如果由一方当事人撰写并持续重复使用，合同将被视为约款合同。昨天次长在邮件里不是这么说的嘛，您说业务委托合同从来没有变更过。因此这封邮件就是证明该合同为约款合同的证据。我们应该感谢您。"

"那么事情将会怎样呢？"

"约款受到《约款规制法》的约束，合同内容对甲乙双方都必须公平，否则约款将被视为无效。您现在提供给我方的合同草案中有几条违背公平原则，如果向公平交易委员会投诉的话，这些约款就会立即被视为无效。"

崔科长看了一眼朴次长的脸色继续说了下去："但更大的问题是，过去五年里，G公司与多家企业签订的合同也是约款，因此都会被视为无效。这样的话，问题好像会变得很严重。我们的监

[①] 即"格式条款"或"标准条款"，指当事人为重复使用而预先拟定，在订立合同时未与对方进行协商的条款，如保险合同、拍卖成交确认书等，均属于格式条款合同。韩国为防止作为甲方的经营者在进行交易时滥用其优势地位拟定不公正的格式条款，确立健全的交易秩序，于1986年颁布《约款规制法》，也有学者将此译为"格式条款规制法"。"约款"是韩国汉字词，本书译者沿用此表述。

事看了次长的邮件后就说了这些。不管怎样,我很抱歉。"

朴次长沉默了一会儿,然后开口道:"我不知道会这么复杂。现在有问题的条款是哪条?您再说一下。"

崔科长指出了"霸王"条款中最严重的三条。

"知道了。这个原则上是不行的,但我会努力推进修改的。不过,说到贵公司监事,也请您确保不要让他把这个问题捅到公平交易委员会这样的地方去,以免闹得沸沸扬扬。"

"嗯,好的,我会特别留心。很抱歉,给次长您添麻烦了。"

至此,所有问题都解决了。如果因为他本人的邮件令G公司所有的合同都被认定为约款,事态会变得无法控制,朴次长也是因为意识到了这一点而后退了一步。崔科长名利双收,我在他面前也更有前辈范儿了。

朴次长强烈坚持的立场最终竟然动摇了。根据"合同内容从未变更过"这么强硬的主张,得出了"那么,这份合同就应该被视为约款合同继而将会受到法律的强力限制"的判断。

物极必反,其意思是事件的发展若到了其极限则必然反转,也可以解释为事物的兴亡盛衰是反复的,因此我们做任何事都不能过分。时而能够低头,时而能够让步,才能取得最终的胜利,有弹性的柔软才是真正的强大。

5

不是不知道正确答案，
只是不做而已

有一天，崔尚明先生来找我。

5. 不是不知道正确答案，只是不做而已

崔尚明说自己的创意被大企业盗用了，他在一年前听过我针对创业公司首席执行官的法律讲座，所以过来找我咨询对策。他看起来像个大学生，但看名片却已然是首席执行官。问了一下年龄，他也就三十多岁。崔尚明经营着创业公司 B 公司，其主营业务是网络营销咨询，职员包括他本人在内共四人。

"我遇到了和律师您讲座中的案例相似的事情。"

崔尚明提出了利用网络和社交软件提高会员忠诚度的营销方案，并在六个月前向大企业 A 公司的时尚事业部发送了该方案。A 公司时尚事业部的主要目标客户是二三十岁的女性，于是崔尚明的公司针对该群体制作了以用户位置为依据，把时尚引导、社交软件、奖励等方式有机结合在一起的综合营销方案。

网络营销方案其实都差不多，并没有什么特别的，但是崔尚明的方案，连我听了都觉得相当有吸引力。崔尚明没有特别的人脉关系，所以是以向 A 公司时尚事业部代表发送邮件的方式传递的自己的营销方案，收到 A 公司的回复后，才有机会拜访 A 公司

并介绍自己的创意。

听他说明至此,我仿佛已经知道了崔尚明将要讲述的事,于是打断说"如果是这样,我可能就帮不上你什么忙了"。现实中,向大企业提供创意,对方表面上说不感兴趣,后来又悄悄抄袭的事情很常见,而成功地指证对方盗用创意并非易事。

保护创意的制度就是"专利"。如果我为某个创意申请并注册了专利,若发生专利侵权,便可以提起民事和刑事诉讼。但是,不是原创技术而仅是商业创意、企划案等则大多不会申请专利,即使提交了专利申请,被通过的情况也不多。也就是说,如果没有注册为专利,就难以进行有效的维权。

然而,实际上,即使没有申请专利,自己的创意也可以得到保护,那就是"商业秘密"。但是,若想以侵犯商业秘密为由向对方主张维权,必须具备的条件不容忽视。

时间有限,我简要地说出了结论:"A公司偷偷抄袭了崔尚明先生您的创意,但该营销方案没有注册为专利吧?事实上,这种情况是很难注册为专利的。很可惜,没有注册为专利,就很难以侵犯创意为由进行维权。"

崔尚明歪着头说:"我不是要用专利来维权,我想以商业秘密为由。"

啊，商业秘密。听起来他具备一定的法律知识，我感觉谈话变得轻松了一些。

"用商业秘密维权？当然，这也是可能的，不过也需要满足很多要件。"

若想以商业秘密被侵犯为由进行维权，首先要让对方知道展示的内容属于商业秘密，但很少有人这么做。

"这种程度可以吗？"崔尚明说着便拿出了准备好的文件。这是他当时向A公司负责人提供的展示资料，底部写着"收到该方案的人士应充分认识到本方案中的商业模式是我方的商业秘密，本方案将受到保护"。

"哦，您连这都准备了？能准备到这种程度并不容易。"

但有这些还不够。

"您做得很好。但是事实上，对方如果固执地回应'没看到'，那就有点困难了。所以从现实角度看，这并不是一件容易的事情，因为还需要双方签署保密协议。"

如果乙方预感到核心创意有被泄露的风险，就有必要提议签署保密协议。如果乙方要求签署保密协议，甲方可能会说"为什么这么死板？我们宁愿不合作了"。当然也有甲方对乙方感到好奇并认为其方案是有吸引力的，甲方也有可能会说"哦，到底是什么让你有这么大的胆量？那不妨了解一下"。

我的话还没说完，崔尚明又把写有"保密协议"的文件放在了桌上。

"这种程度的话……可以吗?"

我吓了一跳,心想:啊,连这都准备了!

"A 公司给您签字了吗?"

"我说只有签署这份文件才能展示所有内容,业务负责人觉得没什么大不了的便签署了。"

保密协议的落款处有 A 公司相关负责人的签名。我承认这准备得很充分,但还没有结束。

"嗯,您做了很多准备。但是我们主张'这是我们的商业秘密'是一回事,而实际上'该信息被认定为商业秘密'是另一回事。有一点必须要考虑的是,专利是向专利厅申请注册的外部程序,但商业秘密是一种内部管理,是需要自证有内部管理的。"

崔尚明既礼貌又无奈地拿出了一沓子资料放在了桌上。

"这种程度可以吗?"

这是一份用文件夹整理得井井有条的文件,封面上盖有"商业秘密"的印章。这是证明公司内部存在商业秘密管理的资料。我有些难以置信,问道:"莫非您把这个商业秘密的注册都……"

"啊,您是说这个吗?"

崔尚明又把一份文件拿到我面前。

这是专利厅下属的商业秘密保护中心颁发的商业秘密认证书原件。只要支付一笔少量的手续费就可以将一家公司的创意认证为商业秘密,该认证可以在紧急情况下作为证明材料。一个并非大企业的创业公司竟然对商业秘密采取了如此完善的保护措施,

5. 不是不知道正确答案，只是不做而已

真是令人惊讶。

"能做到这一点真的不容易。您是怎么做到的？"

"律师您在讲座上不是说过要这样做吗？我只是按照学到的去做了而已。"

崔尚明从包里拿出笔记本放在了桌上。里面是他整理的这段时间听过的讲座的笔记，并指出了我的讲座内容。

"您是个有决断力的人。这不是一般人能做到的。"

⚖

六个月前 A 公司在了解了崔尚明的营销方案后，做出了不甚关注的表态：

"概念本身很有趣，但不适合我们公司。"

"我们不确定投入资金进行这种营销是否会给我们带来足够的回报。"

两个小时的努力展示，却一无所获。会议结束后，A 公司没有发来任何消息。之后 A 公司时尚事业部展开了大规模的营销活动，反响良好。然而活动的创意正是崔尚明提出的。媒体甚至评价说，这是一场巧妙地利用最新的信息技术满足顾客需求的成功的营销活动。该营销活动在业界也成了热门话题。

"这个报道配的照片中的某个人就是看过我展示的人。"

照片中，多名 A 公司营销团队成员摆出了加油的姿势，露出

了灿烂的笑容。

"了解了。那么，崔尚明先生，请告诉我您想要怎么做。"

崔尚明脸上露出微笑，说："我想得到对于我的创意应得的评价。让A公司的商业活动大获成功的创意是我提出的，我希望得到使用费，或者他们以某种方式公布该创意源自我。因为对我们公司来说，仅凭这一点我们就能在业界获得认可。"

崔尚明边说边指着讲义笔记："我记得您在讲座结束前十分钟左右说过，在这种情况下，发送律师函解决问题是律师您的特长，所以我来委托您。"

好啊，准备得这么充分，还有什么不可以的呢？于是我马上写了律师函。

收信人：A公司代表理事金某某

发信人：Must know律师事务所曹祐诚

主题：关于侵犯商业秘密的事实及法律措施通报函

1. 首先祝贵公司蓬勃发展。

发信人受B公司代表理事崔尚明的委托（以下简称"委托人"），向贵公司发送本函。

2. 委托人于2020年2月4日向贵公司时尚事业部金某某次长、朴某某课长做了关于利用网络和社交软件提高会员忠诚度的营销方案（以下称"本方案"）。

3. 本方案是我方委托人的重要商业秘密，在其公司内部受到严格管理,并取得了专利厅下属的商业秘密保护中心颁发的商业秘密认证书(附件1:商业秘密认证书原件)。

4. 委托人在展示方案时,已在资料中明确注明了本方案为商业秘密(附件2:展示资料),为了阻止该商业秘密被不当泄露,委托人与贵公司相关负责人签订了保密协议(附件3:保密协议)。

5. 贵公司负责人在获知委托人的方案后,以本方案不适用于贵公司为由进行了否决,委托人接受了这一事实。

6. 然而,贵公司以公司目标消费者为对象展开了大规模的营销及媒体公关活动,取得了良好的效果并被媒体多次报道。经我方委托人确认,贵公司的上述营销及媒体公关活动完全参照了我方委托人向贵公司相关负责人提供的本方案(附件4:贵公司营销及媒体公关活动与本方案的对照表)。

7. 对贵公司行为的法律评价。

(1)依据《反不正当竞争和商业秘密保护法》(以下简称《反不正当竞争法》)第2条第3款第4项(在合同关系中,有义务为商业秘密保密的一方不当得利或有意对该商业秘密的持有者造成损害而使用或公开其商业秘密的行为),贵公司的行为明显侵犯了我方委托人的商业秘密。

（2）关于这种侵犯商业秘密的行为，在民事上已成为可被申请禁止令的对象（《反不正当竞争法》第10条），同时也可被视为请求损害赔偿的对象（《反不正当竞争法》第11条）。委托人目前正在计算因贵公司侵犯其商业秘密而造成的损失金额。

（3）同时，向贵公司明确告知，根据《反不正当竞争法》第18条第2款，侵犯商业秘密的行为可被判处五年以下有期徒刑及5000万韩元以下罚款。

8.委托人的要求。

（1）希望贵公司明示贵公司无正当程序随意使用我方委托人方案的缘由。

（2）希望贵公司明示此后对此问题将采取何种措施。

（3）针对上述两项要求，请贵公司在收到本函之日起七日内向发件人发送书面回函。

9.我方委托人希望与贵公司妥善解决纠纷。但是，如果贵公司对上述第8条未做出明确答复，我方将不得不采取上述第7条中所述的民事、刑事上的举措，请贵公司留意。

2020.9.10

Must know 律师事务所

律师 曹祐诚

如果委托人的证明资料不足，我就要在律师函的撰写上绞尽脑汁，但该案件证明资料相当充足，因此律师函写得非常流畅。

发出律师函几天后，A公司法务组就联系了我。A公司积极解决应对，并提出邀约，与我和委托人见面详谈。我和崔尚明到访了A公司，最终达成了如下协议。

1. A公司和B公司签订关于使用本方案的许可合同。

2. 就A公司使用本方案一事，A公司以咨询劳务费的名义向B公司支付3000万韩元。

3. 在对外宣传资料中明示本方案为A公司和B公司共同创造的成果，若B公司将本方案作为其参考案例，A公司将积极提供帮助。

4. B公司承诺就此次事件不再追究A公司的一切民事、刑事责任。

有句话叫"知多少见多少"，为了维护自己的权利，知道多少便实践多少就更难了。崔尚明明知如此却依然积极地做出了努力，所以更加显得了不起。我后来与B公司签订了顾问合同。B公司是一家总是让我精神紧绷的公司，因为他们的代表崔尚明能够记住我说过的每一句话。

中国北宋时期的学者程子把读《论语》的人分为四大类：第一类是读完后无动于衷的人，第二类是只记住了一两句就满足的人，第三类是读完后才喜欢上的人，第四类是在读的过程中不自觉地手舞足蹈的人。他还说过，读《论语》之前是怎样的人，读完之后依然是怎样的人，那就算没有读过。

真正的阅读不止于阅读，阅读得来的知识要转化为自身的知识，这种知识能够改变自己。我们要在无数的知识中挑选出真正的"宝石"，并努力使之为自己的生活发光。在瞬息万变的今天，我们所想要成为的"知识战士"不就是这个样子的吗？

6

我只是好心
给了他一点而已

李宇贤创立了一家小公司，经营不久便因客户问题和行业不景气而倒闭，并最终停业。

6. 我只是好心给了他一点而已

停业后，公司欠下了5亿韩元的债务，李宇贤用财产偿还了3亿韩元，但剩下的2亿韩元，对他来说，其中从K互惠信用社借来的1亿韩元尤其棘手。李宇贤借了那笔钱作为周转资金，但依据信用社的要求，必须设立担保人。如果公司有其他管理人员，就可以让他们充当担保人，但他的公司规模小，管理人员只有李宇贤自己，所以只好让准备考公职人员的弟弟李政贤做担保。

公司停业后，李宇贤未能支付每月应支付的利息，互惠信用社督促其一次性偿还全部贷款（若不能按时支付月利息，信用社就可不等到贷款到期，要求债务人一次性偿还全部贷款，这被称为"期限利益丧失"）。互惠信用社还向连带担保人李政贤催款。但是，无论是李宇贤还是正在准备公职人员考试的李政贤，都无法偿还这笔债务。

互惠信用社后来又催了几次，但不知从什么时候开始就断了联系。这反而让李宇贤更加不安。比起自己，李宇贤更担心弟弟。他觉得，如果债权人提出将其弟纳入信用不良者的申请，弟弟考公的事可能就会受到不利影响。

⚖

又过了一段时间，李宇贤收到了互惠信用社发来的告知书。告知书上写明，互惠信用社已将其持有的对李宇贤的债权转移给了P资本，之后将由P资本收回该债权。

李宇贤突然害怕起来。互惠信用社可能低价转让了不良债权，不知道P资本是什么样的公司，但报纸上经常报道这些收购债权的公司为了收债蛮横地用尽各种手段。想到不久后可能会被疯狂追债，李宇贤的心情变得沉重起来。但他在收到告知书之后，很长一段时间里都没有收到任何消息。

有一天，有个叫金东宇的P资本的职员来到了李宇贤家。李宇贤心想，该来的终究还是来了。但不知为何，金东宇没有催债，反而努力让李宇贤安心。

"我前来拜访您，让您很惊讶吧？大家都怕像我这样的人来讨债。我只是想喝杯茶就走。"

金东宇很爽朗，大大方方地讲了自己的事。他比李宇贤小六岁，和李宇贤的弟弟李政贤同岁。他之前从事手机销售工作，后来通过前辈的介绍进入了现在这个行业。

"我的主要任务就是对您这类破产的债务人进行催债。银行或互惠信用社把自己很难收回的不良债权打包卖给我们公司，我们公司就尽可能地收回债权。像我这样的职员,是按照绩效领取工资的。虽然也有基本工资,但主要还是靠绩效工资。"

金东宇继续说:"老实说,我们公司内部把对社长您的债权归类到了 D 级,因为被收回的可能性很小,而且令弟作为连带担保人也没有什么财产。在我们员工中,和组长关系好的同事会分到 A 级或 B 级债权,也就是被收回的可能性较高的债权。若债权收回,该员工可以得到奖励。可能是因为我被组长盯上了,每次都只分到 C 级或 D 级债权。"

李宇贤听罢觉得大家都过得不容易,不禁难为情。

"唉,要是我手头宽裕点,多少能还上点就好了。"

"不不不。您不要有负担,我也是拿工资的,我只要留下这种按时拜访债务人的记录,能向公司交代就可以了。"

金东宇作为从事债权回收业务的人员,看起来很有人情味。李宇贤私下想,这莫非就是金东宇不被组长认可的原因。

此后,金东宇大概每两个月来一次李宇贤的家。李宇贤说刚开始还有心理负担,但后来他经常来走动,便逐渐把他当成了自己的弟弟。金东宇还向李宇贤的弟弟李政贤问好,安慰并祝福他考公顺利。

有一天,金东宇提了点东西来了。

"我们家种了些梅子。这次我妈妈给我寄了几桶梅子汁,我给社长您带了一桶,您尝尝。这是自己家里种的有机的,和市面上卖的不一样。您尝尝吧,该好好生活还是要好好生活。"

李宇贤呆呆地看着金东宇，心想，这人怎么这么善良。

"你今天还要去几个地方？"

不知从什么时候开始，李宇贤对金东宇不再使用敬语了。

"离开这里以后还要再去四家。"

李宇贤打开钱包，拿出了几张1万韩元的纸币："东宇啊，这个虽然不多，就当是车费吧。"

"什么？啊这，不行不行。"

"虽然不能马上还清债务，但这种程度我还是可以做到的，你收着。"

金东宇露出为难的表情，收下了钱："您手头应该也挺困难的，谢谢您。"

"别客气。我更难为情。"

李宇贤想，如果在以前自己事业势头好的时候遇到东宇，说不定会聘用他。

一年后，李政贤终于通过了公职人员考试。看着弟弟在困难的环境下也没有失去勇气而是实现了目标，李宇贤作为哥哥既愧疚又感激。

李宇贤和李政贤收到P资本要求返还贷款的起诉是在李政贤通过公职人员考试的六个月后。早在此之前的一个月，李政贤的工资就被申请冻结，紧接着就被提起了正式诉讼。借钱是事实，没还也是事实。虽然知道没有其他抗辩理由，但还是抱着无论如何也要试一试的心理，李宇贤和李政贤拿着诉状来到了法律援助公团。法律援助公团的接待律师仔细研究了案件后说道："他们赢得了这起官司吗？我看已经过了诉讼时效了。"

"什么？"

兄弟二人吃了一惊。

"互惠信用社贷出款的债权是商事债权，诉讼时效为五年。从您的资料来看，您的公司破产后不再支付利息是从2010年2月开始的。从那时起，诉讼时效开始起算，而到2015年1月末，诉讼时效也就消失了。也就是说，这个诉讼请求是在诉讼时效消失后才提出的。"

"啊，是吗？那我们该怎么办？"

"法官不便依职权来主张诉讼时效，应该由被告，即李宇贤先生、李政贤先生您二位主动主张该抗辩。您只要在答辩书上写明'该诉讼是在诉讼时效消失后才提出的，所以应该被驳回'就可以了。"

"律师，我们对这个不太懂，能不能麻烦您帮忙写一下？"

法律援助公团的接待律师虽然非常忙，但在李宇贤恳切的请求下，当场给他写了一份答辩书。李宇贤便把这份答辩书提交给了法院。

一个月后，法院再次给李宇贤寄发了文件——原告P资本的应辨书,内容是"诉讼时效因被告李宇贤的债务承认及部分清偿而中断"。李宇贤再次找到了法律援助公团。律师看了P资本出具的应辨书,说:"哦?社长您在2014年8月向P资本负责该债权的职员承认了该债务,并偿还了5万韩元吗?您为什么没告诉我这一点?"

承认了债务,还了5万韩元?李宇贤不知道这到底是什么意思,但忽然想起了曾经给金东宇的那5万韩元的车费。

"啊,不是那样的。我是因为觉得前来追债的职员太辛苦,所以给了他5万韩元当车费。"

"您说给来追债的职员的钱是车费?法官会相信吗?当时那位职员和社长的对话也被录音了。您看一下证据资料。"

从甲第3号的证据及录音记录来看,金东宇和李宇贤的对话是以速记的形式记载的。

李宇贤:虽然不能马上还清债务,但这种程度我还是可以做到的,你收着。

金东宇:您手头应该也挺困难的,谢谢您。

李宇贤:别客气。我更难为情。

"您看。您说您不能偿还全部,但您会还其中的一部分。因为这句话,诉讼时效中断了,原告的请求权仍然存在。"

李宇贤目瞪口呆。不久后,法院开庭审理了。李宇贤对法官说:"法官,那笔钱是我给该职员的车费,根本不是偿还债务的钱。"

法官的反应却很冷淡:"李宇贤先生,请您用常识来想一想。给来催债的人车费,这符合情理吗?而且录音里的'虽然不能马上还清债务'这部分内容可以被视为对债务的承认。况且您也拿出了一部分钱款,这可以被视为对债务的部分清偿。"

李宇贤急切地向法官问道:"法官,如果要判我承担责任,那我弟弟会怎么样呢?"

"主债务人李宇贤承认了债务,并清偿了部分债务,因此诉讼时效中断了。对主债务人诉讼时效的中断,对担保人也发生同等效力。换句话说,李宇贤先生,李政贤先生也要还债。我只能这样判决。"

一个月后,判决下达,原告胜诉,被告李宇贤、李政贤兄弟应偿还本金1亿韩元及利息共计1.4亿韩元。这是我从在法律援助公团工作的后辈朴律师那里听说的。

"太厉害了。那么那位叫金东宇的人是提前计划好的吗?"

"我不知道真相。但是既然录音了,而且录音中故意删除了把钱当作车费的部分,从这一点来看,很有可能是故意的。"

"看来最终还是用了激发欠债人的歉意,诱导其承认债务并偿还部分债务的招数。"

2015年12月,韩国政界部分人士表示,为了缓解家庭负债,将推进出台相关法案,禁止对已过诉讼时效的债权即"死亡"债权进行追讨。据悉，法案的宗旨是阻止不正当的债权追讨行为。

但是，对于诉讼时效临近到期的债权，一些追债机构对债务人采取哄骗的方法，对其称只要偿还一部分，就能免除本金的偿还，从而使得诉讼时效中断；针对已过诉讼时效的债权，鼓动债务人偿还一部分，继而引导债务人不自觉地放弃诉讼时效的利益，由此使得过期债权复活。

⚖

法律并不总是能保护弱者。有时即使有相关条例，但由于弱者未能正确应对，其反而可能陷入更加被动的局面。正如德国法学家鲁道夫·冯·耶林（Rudolf von Jhering）在《为权利而斗争》一书中阐明的那样："法律的目的是和平，争取权利的手段是斗争。"弱者应该努力为维护自己的权利而斗争。

虽然有句话叫"法律是常识"，但不能误以为所有法律规定的条款都是常识。很大程度上，我们需要专业性的技巧来解析"常识"。因此，为了更好地捍卫我们的权利、保护自己，我们有必要用经验和知识来武装自身。

7

人生有时为什么是"100-1=0"

金代理对公司很满意。

7. 人生有时为什么是"100-1=0"

虽然是中小企业，但公司发展稳健，最重要的是只有金代理一个人负责法务。组织架构上，他上面还有一个总务组长，但组长不太了解法务，因此合同审查、通告函撰写、债权回收等重要法务业务上的实际负责人是金代理自己。责任重大，但金代理也因担任实际负责人的角色而感到骄傲。

有一天，金代理的手机上有一个陌生来电，这个号码是第一次见到。

"金代理吗？很高兴跟你打电话。我听说你很有能力。我是朴会长。"

"啊，会长您好！"

金代理进入公司已经五年多了，但只见过公司的老板朴会长一次。公司的代表理事是朴会长的大女婿，但公司 60% 的股份由朴会长持有。

金代理在朴会长的召唤下走进了代表理事办公室旁边的接见室，朴会长热情地迎接了他。

"公司的事应该让你很忙的,不过我能拜托你帮忙办一件私事吗?"

金代理用铿锵有力的声音答道:"我会努力的。"

"我在津浦有块地,现在有人想买它,我也想以合适的价格把它卖掉。虽然可以委托给中介公司,但我还是想把合同起草和金钱往来的事情交给值得信赖的人。正好崔代表推荐了你,他说你的能力很强。"

金代理觉得自己得到了会长认可,内心不禁感到满足。不动产买卖并非难事,而且已经出现了买家,因此他觉得整体难度不大。如果能把朴会长交代的事情办好,那么自己在公司的地位也势必会更加稳固,所以从各方面来看,他都很期待把这件事办好。

⚖

金代理收到朴会长的委托后,以代理人的身份见了想要购买津浦那块地的尹英福。朴会长和买受方尹英福达成的协议上的地价定为 10 亿韩元。金代理把拟好的合同草案给了尹英福。

总价为 10 亿韩元。

签约当天支付定金 1 亿韩元。

签约 1 个月后即 2015 年 3 月 2 日支付中期款 6 亿韩元。

7. 人生有时为什么是"100-1=0"

中期款支付1个月后即2015年4月2日支付尾款3亿韩元。

合同的其他条款与一般不动产买卖合同的条款相似。尹英福对合同细则没有提出异议,当天就签了,金代理当天也从尹英福处收到了手签的1亿韩元个人支票。一个月后,尹英福将6亿元汇入了朴会长的账户。一切都很顺利。现在只要拿到尾款,交易就完成了。

距支付尾款的日期只剩一周时,也就是2015年3月26日,金代理接到了尹英福的电话。

"金代理,真的很抱歉。能不能把支付尾款的日期稍微推迟一下?我这边等别人给我汇款,但是那边说需要再宽限几天。"

"是吗?但这不是我能随便决定的,我得问一下会长。那您这边需要宽限几天呢?"

"如果您这边能宽限两周,我将不胜感激。"

"了解了。那么,您可以接受的尾款支付日期是2015年4月16日,对吧?我找会长确认后会向您反馈的。"

朴会长听了金代理的转述后问道:"是吗?也没有晚太久,也可以理解。那么要重新签订合同吗?"

"没有必要重签。简单地写一份补充协议就可以了。写上'初始合同上的尾款支付截止日期为2015年4月2日,现变更为2015年4月16日'这样的内容就足够了。"

朴会长没有异议，说"就这样进行吧"。金代理便以此起草了补充协议并将其寄给了尹英福，之后收到了其签字盖章件。

几天后，金代理接到了朴会长的电话。朴会长急促地说道："金代理，情况有变。"

"怎么回事？是有什么不好的事吗？"

"那倒不是。反而是件好事。所以嘛……"

原来是出现了另一个想买朴会长那块地的人。对方是房地产开发商，提议以15亿韩元的价格购买那块地。

"这位开发商说我把那块地以10亿韩元卖出去实在太亏了。他说要在我那块地上建一家疗养院，并给我看了厚厚的商业计划书，甚至还承诺给我疗养院的葬礼场的一部分股份。津浦那边没有哪块地的位置比我那块地更好的了。所以说啊，我想问你能不能解除与尹英福之间的合同？我按收到的1亿韩元定金的两倍也就是2亿韩元作为违约金给他可不可以呢？"

如果只从尹英福那里得到了定金，就可以通过汇出已经收到的定金的两倍金额来解除合同。但是朴会长已经收到中期款，所以朴会长单方面是不能随意解除合同的。

然而金代理灵机一动，想到了一个主意："会长，如果尹英福在这次尾款支付期限截止之前不能付清，那我们就好办了。我当时听尹英福说，他这边资金筹集起来并不容易。如果尹英福没有准备全尾款，就违反了合同，那么我们就可以不像上次一样准许延期，而是直接通知其解除合同。而且，由于这是尹英福单方面的问题而导致合同解除，因此我们还可以将已经收到的 1 亿韩元定金作为违约金。合同当然也是完全无效的。"

"喔，可以吗？那么……我希望他们这次准备不好尾款。金代理，你真的辛苦了。如果这件事解决得好，等和开发商那边签了 15 亿韩元的合同，我会给你一些酬金。我给你们中标的金额的 1%，也就是 1500 万韩元作为酬金，到时候请不要客气。"

金代理不仅能在公司获得进一步的认可，还能得到额外的酬劳，心情非常畅快。不过这依然要看尹英福是否能够准备全尾款。

尹英福在支付尾款的前一天，即 2015 年 4 月 15 日给金代理打了电话。金代理咽了一下口水，按下了接听键。

"金代理。唉，我真不知道该怎么对您说。我努力准备尾款，但并不容易。请再宽限几天，我很快就会凑够钱的。本来是要收到别人欠我的款项的，但是又黄了，所以不得已在向银行申请贷款，但银行说程序上还需要几天。之前定的尾款支付截止日期是 4 月 16 日，我这边大概在 4 月 20 日就可以准备好了。"

太好了！金代理暗爽。但是为了不让对方察觉，他极力用慎重的声音回道："这不是我能决定的事情，我会和会长汇报，协商后再给您回复。"

金代理给朴会长打电话传达了这则"好消息"。

"金代理,那现在该怎么处理呢?"

"是这样的,明天是尾款支付的截止日,后天给他发一封大意为'您违反了尾款支付的约定,由于归责于您方的事由,我方主张解除本不动产买卖合同。您已经支付的款项中,1亿韩元的定金作为违约金不予返还,中期付款予以返还'的合同解除告知书就可以了。"

"好,挺干脆利落的。那就这么处理吧。金代理,和你一起做事,事情就是顺利得很啊!"

次日,金代理便给尹英福准备了解除合同的告知书。内容很简单:

1. 您未能在约定的尾款支付期限内支付尾款。

2. 由于您违反合同事项,我方根据合同第9条解除本合同。

3. 已支付的定金将作为违约金不予返还,中期付款将予以返还。

金代理等过了尾款支付期限便立即发出了告知书。尹英福接到告知书后立即给金代理打了电话,恳求说"世上哪有这样的条例,请您再给我一次机会"。但是金代理用"我这边尽力去沟通了,但我实在无法说服朴会长"表达了拒绝之意。

几天后,金代理见了说要购买朴会长那块地的房地产开发公

7. 人生有时为什么是"100-1=0"

司的权社长。那是一个雄心勃勃的年轻商人。听他讲了一番疗养院项目后,金代理便与他签订了不动产买卖合同。

总价为15亿韩元。

签约当天支付定金1.5亿韩元。

签约1个月后即2015年5月4日支付中期款8.5亿韩元。

中期款支付1个月后即2015年6月3日支付尾款5亿韩元。

前后不过一个月,就以比原本售价高出5亿韩元的价格出售了那块地,朴会长非常满意。再加上从尹英福那里得到了1亿韩元的违约金,可谓一箭双雕。了解了这件事的代表理事也单独把金代理找来特意称赞了他。

"会长说我给他介绍的人非常有能力,会长很高兴。金代理真给我争面子。以后也请多多关照。"

金代理不自觉挺了挺腰杆,觉得干劲更足了。

⚖

在权社长支付中期款几日后的某天早晨,金代理接到了朴会长十分紧急的电话。

"金代理,这是怎么回事?我早上接到了权社长的电话,说尹英福对我的那块地申请了处分禁止假处分①,据说已经做了异议登记。权社长说这样我就不能把那块地转给他了。他现在非常生气,抱怨说自己的事业出了大乱子。这到底是怎么回事?"

处分禁止假处分?金代理也很迷茫。"处分禁止假处分"是一种事先处分,是保护该土地的权利人不让土地被转让给其他人的制度,但是因没有按时支付尾款而被解除合同的尹英福有什么权利申请处分禁止假处分呢?金代理脑子一片混乱,立即跑到法院复印了处分禁止假处分的申请记录,借此了解尹英福的申请逻辑。

就这样,金代理来找我讲述了这起案件。金代理脸色发青、一脸哭相地出现,问我有没有什么办法。尹英福没能准备好尾款,当然是他的错。因此,朴会长可以告知尹英福"你没有遵守合同事项,所以要解除合同"。但是不动产买卖合同是双务合同,即卖方和买方都承担义务的合同。"买受方支付尾款的义务"和"出卖方准备好转移登记相关文件的义务"应同时履行。

因此,出卖方朴会长若要解除合同,不仅要强调"买受方并未支付尾款的事实",还要表示"出卖方已将转移登记所需的所有文件准备妥当,并已经做好移交这些文件的准备或已经将其交给了指定的公证公司"。也就是说,应该设定"我做完了我该做的事,

---

① 韩国的保全制度大致可分为两种,一是假扣押(限于金钱债权请求),一是假处分。假处分即为保全金钱债权以外的请求权能够得以实现而采取的保全措施。

但你没做完你该做的事,所以我要解除这个合同"的行文结构。

"看这里。你给尹英福的合同解除告知书上只写着'你没准备好尾款'是吧?你只有在这句话之后写上'出卖方(朴会长)已经准备好转移登记所需的所有文件,并准备将其移交'这样一句话,这份合同解除告知书才能发挥效力。"

由于缺少必要的一行,合同解除告知书无效,因此朴会长和尹英福的合同仍然有效。

那么,之后事情会怎样呢?尹英福方面可以继续主张权利,要求对方向自己履约。由于对该土地的处分禁止假处分的存在,因此作为第二位买受方的权社长左右为难。他曾向金融机关展示了这块地,并以此地将会转让给自己为前提申请了贷款,但现在都已成泡影。

最终,权社长以朴会长方面违反合同为由,通知其合同解除,朴会长不得不以收到的定金的两倍即3亿韩元作为违约金支付给权社长。而且,尹英福也用银行贷款支付了约定的3亿韩元的尾款,以总价10亿韩元的价格购得了该地。换而言之,朴会长和最初约定的一样,以10亿韩元的价格出售了该地。

但是因为本有机会以15亿韩元的价格出售该地,朴会长觉得5亿韩元的差额不翼而飞了,而且还需要向权社长赔付1.5亿韩元的违约金,因此认为损失了6.5亿韩元。

那么后来金代理怎么样了?气急败坏的朴会长向代表理事施压,说如果让那么没有能力的人负责法务,公司早晚被毁。金代理最终不得不从公司辞职。

⚖

100减去1，等于多少呢？当然是99。但是也有100减去1等于0的情形。这常常表现为因为一个小小的漏洞、失误，就把整个事情搞砸了。

"100-1=0"也被视为安全公式或服务公式。一个由一百人组成的团队，即便只有一个人做错了事，那么一切都将变成零。

此前，服务行业有"1%的顾客不满会带来100%的失败"的说法，现在从运营、营销到行政管理，整个社会都快把"100-1=0"当作标语了。金代理的案例也生动地体现了"100-1=0"的道理。在告知书中漏掉一行字的代价实在太大了。

当然，这并不局限于法律业务的处理。在我们所做的不同工作中，在日常的所有关系中，都隐藏着这样的"地雷"。让我们以"100-1=0"的心态，来思考一下我们的工作和人际关系吧。期待通过这样的检视和确认，我们可以避免会让我们出乎意料的事故和损失。

8

只有"有证据的真相"才能生存

我接到了一起损害赔偿诉讼。

8. 只有"有证据的真相"才能生存

委托方 W 科技是一家专门从事编程和网站建设的系统集成公司。

案件内容如下：W 科技从发包方 D 实业承揽了 7 亿韩元规模的项目，该项目是要为 D 实业构筑物流管理及业务管理效率化的工程。从 W 科技来看，这是一个相当大的项目，所以从一开始就投入了很多心思。W 科技也从 D 实业收到了 0.7 亿韩元的定金，第一次中期付款金额则定为 1.5 亿韩元，第二次中期付款金额定为 2.5 亿韩元。

但是后来出了问题。W 科技没能按照合同约定的"交付时限"完成项目，在细节上也没有遵守约定。D 实业屡次发送请 W 科技履约的告知书，最终通告其要与之解除合同；同时，还向首尔中央地方法院提起了对 W 科技的诉讼，要求其返还已经支付的定金和中期付款共计 4.7 亿韩元并追加 1 亿韩元作为赔偿金。

对此，W 科技的立场如下：己方已经尽力了；D 实业有责任为开发工作的顺利进行创造对应的条件，但 D 实业没有做到这一点。因此，D 实业主张解除合同的行为是不当的。

　　承揽并推进了某项工程，但结果并不理想，因此要解除合同，这种事情从某种角度看是很普遍的。在这种情况下，想要解除合同的 D 实业这一方必须主张并证明可将问题归责于 W 科技的事由，即举证责任在原告 D 实业这一方。

　　"举证责任"是诉讼中可以左右胜负的非常重要的一个概念，应当由负有举证责任的一方主张并举证具体事实，另一方对此进行消极防御即可。如果负有举证责任的一方不能充分主张并举证，则无法说服法官，继而只能败诉。

　　从这一点来看，作为防御方的 W 科技处于有利的位置。因为 D 实业首先提起了诉讼，而且声称 W 科技的业务执行存在严重的问题并导致合作难以继续，因此举证责任在 D 实业一方。

　　我对 W 科技的项目经理金理事说道："举证责任在对方，因此 D 实业想要赢得诉讼也不是件容易的事。我想问，W 科技真的像 D 实业所说的那样做错了什么吗？"

　　"我们真的很冤枉啊，律师，我们真的是按照他们的要求认真执行的。这个项目要想成功，D 实业必须正确发出工作要求并及时提供相关资料。但是他们没有做好他们该做的事情，却把违反交付期限的责任都推给了我们。我们不能说完全没有责任，但他们的过失更大。"

　　金理事好像很委屈："律师，老实说，做这个项目对我们公司没有太多的收益。我们是想把这个项目当成一个标杆案例才接的，

8. 只有"有证据的真相"才能生存

但是现在却遭遇了诉讼，真让人为难。作为项目负责人的我，在我们代表面前也不好交代。"

我觉得这是一个值得一试的案子："您也不要太担心。首先，仅从对方提交的诉状来看，似乎还不足以证明 W 科技存在过失，举证责任在对方，我们关注好审理进程，适当地应对就可以了。"

"律师，我们真的很冤枉。拜托您一定要帮助我们胜诉。"

民事审判绝不能仅凭"主张"就胜诉，必须有能够支持该"主张"的"证明资料"才行，即要有证据。D 实业再怎么主张 W 科技存在过失，如果没有支持这一主张的证据，也全然不能在诉讼中占据有利位置。我以 W 科技相关人员的陈述为基础，提交了对 D 实业的诉状的答辩状。

终于到了第一次法庭辩论的日子。负责此案的法官看起来已经熟识案件的争论点。

"那么，本案最终取决于原告能否举证'有可归责于被告的理由'。诉状中只有主张，证据似乎不足。原告代理人，有没有可以证明可归责于被告的事由的举证材料？"

原告方律师悄悄瞟了我一眼，带着淡淡的微笑回道："有的，我方出具标记为甲第 3 号的录音记录。"

原告方律师像拿出自己的秘密武器一样提交了证据。法官继续审理:"录音记录?这是录下了谁和谁的对话?"

"这是原告公司项目经理朴××部长和被告公司项目经理金××理事的对话录音。从这段录音可以听出被告公司的过失导致了项目管理不到位。"

"哦,是吗?"

法官翻看了录音记录。我很好奇那里面到底有什么信息。法官读罢录音记录说道:"原告代理人,如您所知,录音记录中的信息不可能全被采纳,您有其他追加的证据吗?"

原告方律师自信地回答:"法官,您说得对。为了查明该案件的实体关系,我们打算以录音记录为基础,申请将被告公司金××理事作为证人。虽然我们也可以申请将我们公司的员工作为证人,但把对方公司的员工申请来进行证人质证不是更客观吗?"

法官点点头:"嗯,不管怎么说,确实是这样。那么被告代理人,让被告公司的职员在下次庭审日出庭应该没什么问题吧?那就请他过来问询一下。下一次庭审将于11月12日下午4点在本庭继续审理。"

这令我头昏脑涨——我的委托方项目经理说的话竟然作为证据被出示了。显然,金理事并不知道自己说的话被录了音。

回到办公室后,我给金理事打了电话。金理事因为要出差,所以没参加庭审。我向他描述了审理过程,并大致说明了录音记录的信息。

金理事忍不住愤怒:"朴部长那个家伙……"

8. 只有"有证据的真相"才能生存

我问他这个录音是什么时候、什么情况下被录下的。

"大概就是那个时候。"

原来在几个月前,金理事接到了朴部长打来的电话。

"哎呀,金理事。我把这么困难的项目交给您,也没有常常联系您。我真的很抱歉啊!"

"原来是朴部长啊!我们当然要做好该做的事,都是应该的。反而是我没能常和您打招呼,我也感到很抱歉。"

"金理事,我这周有事要去W科技附近,如果您有时间,我想请您吃顿晚饭。您能帮我预订一家餐厅吗?"

因为是发包方项目经理的邀约,金理事去赴宴时还有点紧张。用餐前,朴部长向金理事询问了其籍贯、年龄、家庭关系等信息。说完才知道原来两人同岁,连各自的长子也同岁。

"我们今天不聊让人头疼的工作,来聊聊生活吧。我一直在公司里待着,都成了'井底之蛙'。所以我想请理事您和我分享分享您丰富的阅历呢!"

金理事被朴部长和善的样子所吸引。年届知天命的两人毫无隔阂地诉说着各自现在的生活。那天酒也喝得畅快,等到酒劲上来,朴部长悄悄地提起了项目。以下是引用自录音记录的内容。

朴:最近我从我们职员那里听到一些传闻,金理事听到后一定会很头疼。

金:是吗?他们说了什么?

朴：他们说参与项目的人员总是被替换。现在的年轻人都不爱服从，对公司也没有忠诚度，和我们这代人真的不一样。

金：啊，真是……我确实也没有相反的看法。最近很难找到合适的开发人员。有实力的开发人员总想去做自由职业者，水平还不错的年轻人又会跳槽到条件更好的公司。

朴：我百分之百理解。很多时候都不知道到底谁是上司，谁是下属。那你怎么招聘后续的开发者呢？

金：在求职网站上发布招聘公告、行业内推荐，但都不容易。这导致项目总是被推迟，我真的很抱歉。

朴：原来是这样啊！理事您辛苦了。

录音记录中有几点可能成为问题关键：①W科技没有做好开发人员的管理，开发人员的水准总是低于起初的要求；②开发人员经常更换，W科技未能持续地对开发进程进行监督，导致项目交付被推迟；③D实业工作人员多次提出要求，但W科技没有坦诚回应。

"律师，这不是窃听吗？不是违法的吗？我可以把这些作为证据提交吗？"

我让激动的金理事平静下来，并进一步解释："我们的法律在这点上有点模糊。如果第三人丙偷偷录下甲和乙的对话，属于《通

8. 只有"有证据的真相"才能生存

信秘密保护法》中认定的违法行为。如果双方当事人甲或乙偷偷录下对方说的话，对于这样的行为则没有相应的法律条款。当然，这并不是说法律鼓励这样做，而是说这种行为并不会受到刑事处罚。所以在案件审理中，有大量作为证据的录音是偷录来的。"

"就是那家伙蓄意录音。那我们现在该怎么办？"

"他们申请了将您作为下一次开庭审理的证人。"

"那好啊！我会作为证人去说录音里的内容都不是真的。"

这正是我比较担心的地方，因此我对他说："啊，这个，我觉得您得好好想想。"

此外，看过录音记录的 W 科技代表理事勃然大怒。他指示金理事在下次庭审上作为证人出庭时，一定要推翻录音里的内容。

过了大概一周后，金理事满面愁容地来找我了。他说前一天 D 实业朴部长给他打了电话，金理事转述的两人的通话内容是这样的。

朴：哎呀，您好，金理事。是我。

金：嗯？是您呀！您该不会又在录音吧？

朴：不会。录什么音，我不做那种事。

金：我都知道您录音了。您怎么可以用这种方式在

083

人背后捅刀子呢？等着瞧吧。我会作为证人出庭，把一切都如实地说出来。

朴：哎，这就是我给您打电话的原因。金理事作为证人出庭说话是需要当庭宣誓的。据说如果在宣誓后却要推翻自己说的话，就会触犯伪证罪。我们的律师说如果被认定为伪证罪则可能被判处一到两年有期徒刑。

金：什么？有期徒刑？

朴：要我说，您供职的公司不会一辈子都对理事您负责，您没有理由做这么危险的事情吧？更何况那天的对话是您和我在很自然的状态下进行的。因此，如果说出要推翻那些内容的话，不管谁看都会认为是伪证。

金：您！您这是打一巴掌揉三揉吗？

朴：不，我只是觉得您能提前知道这些比较好。

金理事一脸为难地问我："律师，朴部长说的是真的吗？我被认定为做伪证的风险大吗？"

这正是我所担心的。朴部长是个相当狡猾的人。在已被录音的情况下，想要在法庭上推翻录音内容几乎是不可能的。如果真的要推翻，对方律师会拿着录音记录强烈驳斥"你这样会受到伪证罪的处罚"。

金理事苦恼了好几天，向公司表示不能作为证人出庭。W科技代表理事听了金理事的说明后，一方面表示理解，一方面也当

8. 只有"有证据的真相"才能生存

面批评他作为一家公司的理事这样应对是不合格的。但这与金理事个人利益相关,所以 W 科技也无可奈何。金理事没有作为证人出庭,这明显对 W 科技产生了不利影响。最终,法院判定录音内容真实有效。

我向法院提交了其他资料去尽力争取,但最终也未能挽回败局,一审被判败诉。W 科技因不服一审判决提出了上诉,但在二审中也败诉了。录音是败诉的决定性因素。最终,W 科技须返还 D 实业定金、全额中期付款及对应的利息,此外还须赔偿 D 实业损失,共计要向 D 实业支付 6 亿韩元。后来,金理事在诉讼审理过程中提交了辞呈,离开了 W 科技。

很多人质疑对方偷偷录下对话,然后将其用作证据是否正当。由于没有对应的处罚条款,这一点仍然是法律的死角。今天也有很多人在为应对诉讼而进行录音。

最好不要惹上官司。但是在漫长的一生中,我们完全有可能在事先没有预料的情况下被起诉或提起诉讼。

很多人相信法官会根据所有的细节进行权衡,做出最公平的判决,但这与现实有别。法官不是全知全能的神。法官只是参考原告和被告双方提交的证据,判断谁的证据真实有效。诉讼结果完全是被"证据"左右的。

在韩国,每月提起的民事诉讼数量约二十万件,如此一来与诉讼相关的知识已属于"常识"而非"专业知识"的范畴。要知道,今天的社会已经发展到了不允许你不知道常识的程度了。

9

懂规则的人 VS 不懂规则的人

"曹律师，我经营着一个购物网站。

我在网站上传了一张图片后，收到了一份律师函，说我侵犯了版权。

他们要我付500万韩元的使用费。

怎么办呢？还说如果我不赔偿，他们就会提起刑事诉讼。"

9. 懂规则的人 VS 不懂规则的人

经营化妆品购物网站的朴社长打来电话,声音听起来很是焦虑。最近我接到了很多类似的法律咨询。行业内甚至出现了专门揭发这种侵犯版权的行为并通过发送律师函以获取利益的律师事务所。

对方律师在要求赔偿损失的同时,还会警告侵权方如果不赔偿就会提起刑事诉讼,因此收到这样的律师函的人大脑通常都会一片空白。光听电话里说话的声音,就能感觉到朴社长处于极度的不安之中。

在这类案件的咨询中通常会有这样的问答。

问题1:我在非商业用途的个人社交平台上发布图片,是否对他人构成侵权?

回答1:侵犯版权是未经所有者同意便使用其作品时就立即构成的,因此与是否用于商业目的无关。

问题2:我只是使用了网上流传的图片。我不知道图片的版权所有者是谁。

回答2：即使不知道版权所有者是谁，也会被认定为侵犯版权。不知道本身并不能免责。

问题3：侵犯版权要承担民事损害赔偿，还会受到刑事处罚吗？

回答3：是的，《著作权法》规定，侵犯著作权的，不仅要承担民事上的损害赔偿责任，还会受到刑事上的处罚。

朴社长的情况是，确实在自己的网站上使用了他人的图片，因此已然对他人的版权构成了侵犯。但是，即使侵犯著作权罪名成立，情况也不会像发来律师函的律师所主张的那样要支付巨额赔偿金。所以从现在开始，只要好好学习《著作权法》知识，就可以从容应对了。

我把朴社长约来，冷静地向他说明了解决问题的思路。

首先，有必要阐明自己对无意中使用他人的作品感到抱歉。该承认的还是承认为好。进而表明自己将不再使用该图片并已从网站上删除该图片。

第二，要明确表示自己并不是故意的。图片上并无版权标记；

或者该图片并非直接购买来的，而是委托外部企业取得的，所以对该图片的使用路径并不知情。

第三，刑事处罚只有在侵权人对著作权有故意侵犯的前提下才能成立。正如前文所述，此一侵权行为并非故意，因此侵权人不应成为刑事处罚的对象。

第四，最大的问题是民事上的损害赔偿，根据《著作权法》，损害赔偿计算的标准是侵权人因侵犯著作权的行为而获得的利益的数额，或者著作权人因著作权被侵犯而遭受的损失的数额。因此，应该向著作权人问清楚"您要求我赔偿损失的根据是什么，以及是依据什么对数额进行计算的"。著作权人在这个阶段普遍认为计算方式很难确定。

如果因特定图片的使用而遭受损失或受益，则该图片的购买价格应与损失额或收益额相同。但是，著作权人经常威胁侵权人说，如果不答应支付正常购买价格的十倍甚至二十倍的金额作为损失赔偿金，就会提起刑事诉讼。像这样不合理的巨额赔偿要求，本身就构成了刑法上的"敲诈勒索罪"。

因此，有必要正式出具"若著作权人告知详细的计算方式，我方会进行赔偿。反之，如果故意夸大侵权事实或以不合理的方式计算损失并主张刑事起诉，那么我方可能以敲诈勒索罪进行起诉。因此，为了避免此种情形，请正确提出请求"这样的文件进行回应。

然而，收到律师函的大部分侵权人都不具有如此系统地应对问题的头脑,他们往往因为害怕,忙不迭地请求对方"原谅"或"稍微降低赔偿金额",那么,发出律师函的一方就会像给了一个人情似的,减少些赔偿金额。之后案件就匆匆了结了。

发出律师函的一方会将这类忙不迭地求情的人作为首要目标。像朴社长这样,在承认过失的同时,要求对方出示计算损害赔偿金额的方式,并阐明如果对方提出无理的请求,将以敲诈勒索罪反诉的人,就会被对方排除出目标人群。计算具体的损害赔偿金额并不容易,因此,发出律师函的一方对立场坚定且据理力争的侵权人的抗辩,往往会选择不了了之或放弃。

我给朴社长说明了这些,并为他起草了针对律师函的回函,但朴社长担心地说:"这样回应,会不会惹怒对方,继而提高赔偿金额呢?"

我哑然失笑道:"绝对不会的。等事情完满结束了,记得请我喝一杯!"

朴社长便发去了我写的回函,之后果然没有进一步的消息。也许朴社长被列入了"挑剔的侵权人"之列。

⚖

法律是规范人们的关系的规则,而了解规则的人和不了解规则的人之间似乎存在着巨大的差别。了解规则的人威胁不了解规则的人,从而获取不正当的利益,这分明是不轨的行为,但这样的行为屡见不鲜。

　　人生在世，谁都可能遇到这样的事。到时要记住，不要一个人硬撑，而要向周围的人积极寻求帮助。毕竟，若对规则一无所知，便不可避免地会上当受骗。

10

只有倾听
才能让对方敞开心扉

做律师到第五年的时候,承蒙当时所供职的律所的眷顾,我入读了某研究生院的首席执行官课程。

10. 只有倾听才能让对方敞开心扉

当时的律所认为，结识不同领域的公司高管，可以宣传我们的律所，有助于寻找新的委托人。首席执行官课程是以每两周一次课加上聚会的方式展开的。

在课程正式开始之前，学院举办了一场晚宴。我们那一桌坐了五个人，除了我，其他四人都是公司的首席执行官。当时，经营中小规模IT企业的朴社长向大家吐露了自己的苦恼。

"最近我们公司正在谈明年的年薪，最出色的那个职员要求大幅提高薪资，真让人头疼。"

朴社长的员工崔科长是公司里能独当一面的程序员，不仅工作能力出众，在公司内部人缘也好，颇受好评，一直都是让社长满意的人才。他今年的年薪是3500万韩元，朴社长打算明年给他提高10%左右。但是在这次年薪洽谈中，崔科长要求比上一年提高30%。最近几年，每次年薪洽谈，他都没有提出特别的要求，因此这次着实让朴社长感到意外。崔科长工作做得好，是不争的事实，但如果年薪提高30%，从组织管理的角度来看，可能会出现问题。朴社长觉得再继续谈下去也只会伤害彼此的感情，所以决定过几天再说。

"我真的很难满足他的要求，但是崔科长是我们公司必不可少的人才。洽谈应该要再好好进行的。前辈们，我该怎么办呢？"

尹社长说道："朴社长想提高10%，崔科长要求提高30%，最终应该会取中间的20%吧？"

朴社长面露难色："事实上，提高20%也有点勉强。唉，没想到要因为钱和这位年轻人反复拉扯。"

"年薪洽谈都是这样。谈来谈去都是钱呀钱。对首席执行官来说，这是最难的问题。"

我们这桌年纪最长的黄社长问："朴社长，崔科长为什么要求涨年薪呢？"

"理由应该很明显吧。觉得自己对公司有贡献，所以就要求有相应的待遇吧。"

"但是您没问他具体是因为什么要如此高比例地涨薪吧？"

"员工要涨薪的理由不是显而易见的吗？我觉得没有必要问原因，不然可能会变得更尴尬。"

"朴社长，崔科长原来对年薪不计较吧？但是这次竟然要求上涨30%，是不是有什么特殊情况呢？比如被同行业的公司猎头盯上了；家里突然需要钱；或者他有朋友做类似的工作，私下里比较了年薪后产生了被剥削的感觉。肯定是有什么原因的吧？"

听黄社长这样分析，朴社长不住地点头。

10. 只有倾听才能让对方敞开心扉

"如果只是停留在10%或30%的数字上反复拉扯，谈判自然会变得沉重。所以要尽量在轻松的气氛中问一下为什么要求大幅度涨薪。必须从这里开始发问。说不定还会听到意想不到的话呢！如果您还想让那位年轻人继续为您效力，那就这样试试吧。"

朴社长点了点头，说会这样做的。

⚖

几天后，朴社长给我打来了电话，告诉了我他和崔科长的对话内容。朴社长在第二次约谈时，尽可能地把气氛缓和了下来。他先是肯定了崔科长为公司付出的努力，对此表示了感谢，然后问道："家里是发生什么事了吗？"

崔科长犹豫了一下，讲出了事情的原委。他说最近才知道自己上小学四年级的女儿在学校里被同学孤立了。崔科长夫妇因为这件事非常苦恼，崔科长因自己完全没有察觉到而十分自责，心里非常难过。他和班主任沟通了，也没找到什么好办法。孤立崔科长女儿的学生组成了一个小团体，即使老师提醒了，这类问题也很有可能会再次发生。因此他们不得不给女儿转学，这是目前最好的办法。

崔科长夫妇认为，让孩子继续在这所学校上学是不合适的。但问题是，想转学就必须搬家，而要搬去的地方的房租比现在的要高出大概2000万韩元。这是要花大笔钱的事，崔科长仅靠自己目前的年薪是很难办到的。这燃眉之急可能要用贷款来解决。

朴社长思考了一下。崔科长要用贷款筹得租金,但如果以公司的名义向公司的主要交易银行申请的话,就能以更好的条件获得贷款。朴社长又详细询问了经营团队,得到的答复是,如果公司提供连带担保,可以以最低的利率获得贷款。朴社长来找我咨询,如果公司无条件地为崔科长的贷款提供连带担保,在法律上是否要承担风险,该如何处理才更好。

我提议以公司名义和崔科长签订相关合同:公司为崔科长的银行贷款提供连带担保;若崔科长日后不能偿还贷款或不能缴纳利息,公司可从其工资或退休金中扣款以冲抵公司缴纳的连带担保金。

"崔科长现在急需大概2500万韩元。事实上,即便年薪提高30%,一年的涨幅也不到1000万韩元,这也并不能立即解决问题。现在也很难找到年薪开得比我更高的公司。更何况,他和我们公司已经有了默契,如果离开也会令人惋惜。所以我提议帮忙协调贷款的时候,他也很高兴。"

我自己也有女儿,因此对崔科长的焦急情形感同身受。正好我的委托人中有一位专门从事学生心理咨询的医生,因此我就联系了这个医生。他说有专门应对这种情况的诊所,父母带着孩子一起去咨询,一次收费15万韩元,三次共45万韩元,但因为我的介绍,只收他们30万韩元。我把这家诊所介绍给了朴社长,朴社长愿意自掏腰包。

10. 只有倾听才能让对方敞开心扉

崔科长夫妇带着女儿去了诊所。通过心理咨询，夫妇俩准确地了解了女儿苦恼的是什么，有什么样的梦想。遭遇孤立是一件令人心痛的事，但这件事也成了让一家人更好地了解彼此的契机。

两周后，在首席执行官课程的聚会上，朴社长说了后来发生的事情。

"崔科长的妻子给我寄来了感谢信，说都感动哭了。"

"后来呢？最后您给人家涨薪涨了多少呢？"尹社长问到大家最想知道的问题了。

朴社长咧嘴一笑，道："在彼此满意的水准上解决了呗。多亏了黄社长给我的建议，非常感谢。"

⚖

这件事让我感悟颇多。律师在和委托人沟通时，往往会专注于案件本身。但是要记住，很多在眼前的事，不是案件。每个人的想法和价值观都不一样，所以律师拿出的解决方案不能一成不变，律师要提出符合委托人价值倾向和所处境况的解决方案。为此，律师要考虑委托人当下的心情，想想能为委托人做点什么。委托人说出的话就像试卷，律师只有正确地识别出"考点"，才能给出正确的答案。

"谈说是知识的领域,倾听是睿智的特权。"[①]奥利弗·温德尔·霍姆斯(Oliver Wendell Holmes, Jr.)的话触动了我的心。

让我们从今天开始改变我们的对话方式吧。在表达自己的意见之前,先询问并倾听对方的意见吧。就这样先尝试一个月,你会发现你不仅能够获取对方更多的信息,还会拉近彼此的距离。

---

① 英文原句为 "It is the province of knowledge to speak and it is the privilege of wisdom to listen"。

11

坚守原则和信念这件事

五年前，承哲因为卷入一个轻微的刑事案件，来找了我。

11. 坚守原则和信念这件事

他是我步入社会后认识的后辈,在一家发展比较稳定的中型企业的财务部工作。

"就这样达成协议、进行和解怎么样?"我劝承哲和解。

但是承哲很坚定:"前辈,这并不是我的错,是对方有错,我为什么要跟加害者似的寻求和解呢?我认为这样就违背了社会正义。"

啊,社会正义……承哲不愧是原则主义者。

"我理解你的心情,但对方都拿出了伤情诊断书,这对你很不利啊!"

"前辈,您从事情脉络来看,我并不是加害者,加害者是对方,不是吗?"

事情是这样的。承哲住在公寓五楼,他有两个儿子,一个五岁,一个三岁。一个星期天的晚上,承哲夫妇把孩子们留在家中去了市场,回来时,发现大门开着,住在四楼的金亨来在承哲家的门廊里,而承哲的两个儿子竟跪着,双手举着在受罚。

平时公寓的住户们都说四楼的某个住户精神上有问题,现在竟然在自己家里看到了那个人，承哲夫妇吓得心惊肉跳。夫妇俩问金亨来到底怎么回事，金亨来颠三倒四地说："我按了门铃，孩子们就给我开门了。我要他们给我倒杯水，但他们不给我倒，所以我就给他们点教训。"

承哲无比气愤地说："家里连个大人都没有，你为什么这么随便就进来？"

金亨来一边说"你也无视我吗"，一边要用拳头打承哲。承哲为了躲避，俯身推了金亨来一下，金亨来竟然摔倒了，头部撞在了地上。医院诊断结果显示，造成了脑震荡，需要三周才能痊愈。金亨来以伤害罪报了警，承哲也以侵入其住宅罪报了警。

警察觉得金亨来的精神有问题，因此劝双方和解，都撤销报警，这样对双方都好。我也劝承哲接受和解。但是承哲是一个坚定的原则主义者，强烈地表示了拒绝，说妥协是不对的。

"承哲啊，我理解你，但生活中还是要避免纠纷才好。这又不是因为害怕才要回避的。"

我想尽办法安抚承哲，但他始终拒绝和解。最终，承哲因伤害罪被罚款70万韩元，金亨来因侵入住宅罪被罚款50万韩元，案件到此结束。

随着时间的流逝，这件事似乎就这样被我遗忘了。然而一年

11. 坚守原则和信念这件事

之后的某一天,我接到了承哲的电话,他声音急促:"前辈,我该怎么办呢?出大事了。我现在眼前一片漆黑。"

承哲所在的公司因代表理事的不当投资而陷入了现金流困境,在六个月前被申请破产。承哲只好辞职了。

之后,为了找工作,他百般努力,终于通过猎头公司得知德资 Z 公司财务部正在招聘,他投了求职申请书。虽然竞争激烈,但承哲通过了材料审核,也顺利通过了面试。Z 公司开的年薪比以前的公司高得多,承哲的外语特长也有了用武之地,从各个方面来看这个岗位都很有吸引力。

在最后的入职调查阶段问题出现了。公司向承哲进行了几轮确认程序,其中含询问"是否受到过刑事处罚"一项。普通私营企业很难掌握应聘者是否受到过刑事处罚的信息,承哲可以撒个谎。但是男子汉承哲并没有隐瞒自己因伤害罪被处以 70 万韩元罚款的事实。承哲认为,虽然自己受过处罚,但只要说明前因后果,就能充分说服人事部。然而人事部却并不这样想。

"我们公司不能聘用有暴力、伤害罪前科的人。"

承哲语气愈加迫切:"如果当时听前辈的话达成和解,就不会发生这样的事情,真是追悔莫及。有没有向公司做进一步说明从而顺利入职的办法呢?连面试都通过了,就这样被刷下来……太冤了。"

作为一家之主,连续六个月没有收入他会有很多苦恼。

我决定和 Z 公司沟通一下。我向承哲要来了 Z 公司人事部理事的电话号码。我深吸了一口气把电话拨了过去。

"您好，是安理事吧？晚上好。我是曹祐诚律师。关于李承哲的问题，我想和您沟通一下。"

我向他说明，承哲在那起案件中是很委屈的，案件本身也并不严重。安理事耐心地听了我的解释，向我问道："请问曹律师和李承哲先生是什么关系呢？两位是律师和委托人的关系吗？"

"啊，与其说是律师和委托人的关系，不如说是在步入社会后结识的前后辈的关系。当时的案件，我也不是正式受其委托为其处理的，而是作为熟人为他提供了咨询。"我向他解释。

"那么，我可以理解为您的观点并非作为律师的客观观点吗？如果您是以律师身份正式代理了这起案件，您或许是公正的；但您若因为私人交情而参与其中，我是否可以认为曹律师您对此事的评价多少带有偏向呢？"

我听了心里想"哎呀，我失误了"，脊背上也冒出了冷汗。

安理事接着说："不管怎么样，谢谢您的详细说明。但公司的制度就是这样，因此对于李承哲先生的事情，很遗憾，我给不了您想要的答复。"

可能因为是外企，他们对有刑事前科的应聘者非常严格。满怀期待地在旁边听着的承哲看起来非常沮丧。要想重新找一份工作，至少还需要几个月的时间。因为回答得不够妥当，我好像把事情弄得更糟了，我也非常自责。

不过，这样也激起了我的斗志。我记下了承哲递过来的安理事名片上的电子邮箱地址。那好吧,反正已经这样了,抱着再没有什么可失去的心态,当晚我就给安理事写了封电子邮件。

致安理事

  我是刚才给您致电的曹祐诚律师。非常感谢您在那么唐突的情况下还耐心地接听了电话。

  承哲是我很珍惜的后辈,所以我想以邮件的方式再行拜托。抱歉如此给您添麻烦,但如果您能继续以您满怀的耐心读完,我将不胜感激。

  其实我也在社会上认识了很多人,但承哲是我认识的人中很特别的一个。他不像现在的年轻人,他是个一板一眼坚持原则的人。这次成为入职绊脚石的刑事案件也是这种一板一眼的体现。

  案件内容概括讲来是这样的:居住在承哲家楼下的患有精神病的邻居趁承哲夫妇不在家,突然跑到家里来威胁两个三五岁的孩子,承哲为了维护孩子而引发了这起事件。仔细想一想,我们很难把承哲看成是加害者。但是在我们的刑事案件中,受伤的人总被认定为受害者,而不管原因如何。这多少有些不合理。在这起事件里,楼下的邻居被承哲推伤后,便拿着诊断书起诉了他,因此问题变大了。

当该事件上升为刑事案件时，警察建议双方达成和解，我也建议承哲这样做，但是承哲说那是违背自己良心的，最终仍拒绝和解，而且还被罚款了。

我也觉得承哲灵活度不高。一般人在这种情况下基本上都会向另一方作出一定的妥协，避免成为有前科者。但是承哲的是非观念非常鲜明。因此，即使会带上前科，承哲也不愿作出不合理的妥协。

安理事，据我所知，目前承哲申请的是贵公司财务部的岗位。作为财务部的职员，不是应该具备遵守原则和纪律、不轻易妥协的性格吗？我和承哲相熟五年之久，我认为他完全具备与该岗位相符的资格和品性。

我和承哲没有什么利害关系。承哲如果成功入职，我也不会拿到任何佣金。我们也不是亲戚。但是，作为前辈，眼睁睁地看着承哲就这样失去好的机会，也很是惋惜，所以贸然写了这样的邮件给您。如果您对该刑事案件还有什么疑虑，我可以随时向您说明。

我的手机号码是010-××××-××××。

谢谢您耐心阅读！

真心支持承哲的曹祐诚敬上

我简直是一口气写完了这封邮件，紧接着按下了发送键。

11. 坚守原则和信念这件事

第二天，安理事打来电话说要见我一面。我当天下午就去了Z公司。安理事再次询问了承哲的案件细节，我尽可能详细地进行了说明。安理事一边认真听我讲述，一边仔细地记录，他突然提议道："曹律师，如果李承哲先生入职后发生什么事情的话，比如说因无法调节自己的愤怒而对他人施暴……您能为此写一份说明及表示对其承担一切责任的备忘录或保证书吗？"

这是要让我写个人担保书？让我来签字担保？这就有点过分了。我见过很多因为担保而卷入法律纠纷的委托人，我和承哲连兄弟都不是，难道我要为这位我在步入社会后认识的后辈做个人担保吗？我陷入了苦恼。

"不管怎么说还是有些负担吧？"安理事微妙地笑着说。

啊，这……既然都走到了这一步，就不好推辞了。唉，不管了，哪会真出什么事情呢，承哲难道不是值得我信赖的朋友吗？

"好的，您给我吧。我会签字的。"

安理事目不转睛地看着我。稍作沉默，他便收起了便笺，站了起来，向我做了个"算了吧"的手势。

"我只是说说而已。不用的。"

三天后，承哲收到了Z公司最终的录用通知。后来承哲听说，有位没有利害关系的律师出面发送了邮件，还亲自到公司为他争取，人事部理事则向总公司报告了这件事的始末。总公司下发的内部评价中说"都到这种程度了,应该不是个会引发问题的人"。热泪盈眶的承哲热情地拥抱了我。

时间流逝,我冷不丁地想起了承哲,好奇他现在过得怎么样。因为各自都很忙,我们很少联系。听说最近很多公司都有困难,我就给他打了电话。承哲的声音听起来充满了力量。刚入职时,Z公司在韩国排名第五位,现在已跃至第二位,承哲目前是会计组组长。

"前辈,我本来想推动公司把法律事务委托给前辈的律所,但因为是外企,总公司一定要把法律事务委托给别的某家律所。哎呀,真对不起。"

我只是笑了笑,心里在想"不错啊,我的朋友。不把案子推给我也没关系啊。在现在这样的时代,你还能发展得这么好,这本身就很让我欣慰了"。

心里装着这么有意义的事情,人生岂不是也很有意义吗?

⚖

我为什么会毫无顾虑地站出来答应为承哲作担保呢?是虚张声势吗?仔细想想,好像并非如此。理由其实很简单,他平时的表现给了我信任他的理由。答应为其作保本身就是我对其长时间的观察后做出的综合评价。他是个原则主义者,而且是个有礼貌的人,所以我确信他不会做不对的事情。如果没有这种信任,我也不会说出可以为其作保的话。

　　一个人平时在周围的人眼里是什么样的，就会给他人留下某种固定的印象，而这会在关键时刻产生决定性的影响。如此说来，我们在自己的语言和行为上，怎么可以随意呢？

12

比律师函更有力量的一封信

这是好几年前的事了。

12. 比律师函更有力量的一封信

大学时的朋友打来电话，拜托我帮她妹妹的忙。她在京畿道议政府市的某栋楼的二层经营着一家钢琴培训班，现在因为丈夫被调到大田市，不得不搬离那里。正好两年的租赁合同也到期了，所以她告知了出租人自己要离开的事，连行李都打包好了，也在即将前去的大田市找好了房子、签好了租赁合同。按照合同内容，出租人应该在合同期满时返还全税保证金，但出租人却说"等下一位承租人租进来，从那个人那里收到保证金后再退还"。

朋友的妹妹金裕胜一脸焦急："需要返还的保证金是4000万韩元。这笔保证金加上银行贷款要用来交大田的房子的中期付款和尾款。现在前出租人不退保证金，让我很担心。如果两周内筹不到钱，就属于违约，大田那边交的2000万韩元的定金就会打水漂。我和前出租人交涉了几次，他都不同意。所以我想如果您以律师的名义写一封强有力的律师函给前出租人，他是不是会害怕，然后赶紧把保证金退给我呢？"

从法律上讲，这并不是一个复杂的案件。租约到期了，租户腾出了房子，出租人没有退还押金，这是违反租赁合同的。只要写一封要求退还押金的律师函就可以了。

"好的，我知道了。我会立即起草律师函，并以我们律所的名义发过去。"

我回到自己的办公室，二十分钟内就写好了律师函，并且安排了我的秘书寄发，然后我就和同事们一起去吃饭了。

然而房地产组的郑律师在谈到自己承接过的类似的案件时，却边摇头边说："律师函不该发，会把事情完全搞砸。唉！"

应委托人的要求，他以律师的名义发出过提出损害赔偿请求及刑事起诉的律师函，但该律师函刺激了对方的自尊心，继而引发了激烈的情感波动。也就是说，问题并没有得到解决，而是随着纷争的扩大而又持续了很长时间。

"我以为发律师函会吓倒他，但事实并非如此，反而更像火上浇油。"

前辈朴律师听到这句话后笑着说："律师函也要分人的，对某些人有用，对某些人就是行不通的。即使是按照委托人的要求做的，但如果事情进展不顺利，挨骂的依然是律师。"

我心想糟糕，急忙给秘书打了电话："慧敏小姐，我刚才写的律师函，你送到邮局了吗？抱歉，我想请你现在马上去邮局说停止邮寄，然后帮我把它带回来。"

也就是说，我事后才意识到我并没有去了解出租人的情感倾向，就率先发出了律师函。我给金裕胜打了一通电话，让她下午再来我办公室一趟。

⚖

"您能从头至尾向我详细地讲述这件事吗？出租人是一位什么样的人呢？"

金裕胜歪了歪头，仔细地解释了起来。出租人是个五十多岁的男性，经营着位于该建筑一层的超市，同时他也是所在的那个小区的管理员，不管有什么问题都会站出来积极调解。他非常喜欢喝酒，也很积极地参加清晨足球会。他也挺会精打细算的，拥有一栋小型建筑，在老家还有一块地，不是没有钱的人。

我问她还有没有其他的细节："刚入住的时候，您和出租人的关系怎样？"

"刚开始相处得很好。他听说自己的楼里有了钢琴培训班，也觉得这楼的档次提高了，所以他很高兴。他也会不时地来一趟培训班。"

金裕胜之所以在那栋楼里租场地，是因为它被管理得井井有条。对此，出租人勤劳的性格起到了一定的作用。

"您和出租人的关系一直很好吗？是不是发生了什么事，导致关系变得不那么好了？"

金裕胜听到我的问题后，沉思了一会儿，说道："他倒是问过，像自己这样不懂音乐的人能不能学钢琴这样的问题，并且还经常来培训班。嗯……这样想来，和出租人的关系变得不好的原因是有的。他经常来培训班走动，看这看那，老穿着破旧的夹克来乱弹，这让我很不爽。当然他肯定也没有恶意，但是这让学生们也有点反感。我总觉得，一个钢琴培训班要有优雅的格调，所以在装修上花了很多心思。有一天，我终于严肃地对他说'以后如果不是有事情一定要过来，我请您不要再在这里随意出入了'。仔细回想起来，我和出租人从那以后好像就没有打过招呼，关系也变得生疏了。"

虽然一次面也没见过，但我脑海中已经勾勒出了出租人的形象。我对金裕胜说："与其发律师函，不如找其他方案来解决。如果发律师函，问题反而可能会变得更复杂。"

"可是如果以律师您的名义发律师函，不是可以让他转变态度吗？"

"听了您的讲述，我想，出租人不是没有钱的人。尽管如此，他仍不想利落地退还押金，似乎是有一种'我也得教训你一下'的心思。从出租人的立场来看，即使押金退还晚了，只要把利息算上就不会有问题。但是对您来说，若不能在两周内筹到钱，您就会损失您签的新合同的定金。"

"毕竟他是有钱的人，就算要补偿利息，他也不会害怕咯！"

"当然这只是我的推测，我认为出租人可能觉得他被您小瞧了，所以他可能多少有点'好吧，你这是看不起我咯？好啊，走着瞧吧'这样的说不清道不明的想法。所以您这边一有新情况，

12. 比律师函更有力量的一封信

他就不想配合您，帮助您了。"

"那么，我该怎么办？"

"嗯。多亏了出租人对这层楼的良好管理，这段时间里，您的培训班经营得很好，也是实情嘛。您丈夫被调到了更好的地方也是实际情况。出租人当时进出培训班也并非出于恶意。您写一封能让他的心情平复下来的感谢信如何？"

"这样的话，不是反而让他抓到把柄了吗？"

"如果这样没有什么效果，到时候再发律师函、打官司都来得及。诉讼的话，从开始到结束也至少需要六个月的时间。您不是说您得在两周内筹到资金吗？还是先试试现在这个方法吧。"

金裕胜当天晚上就写了感谢信。写着写着，她真的想起了该对出租人道谢的点点滴滴。因为觉得信有点单薄，她把从学生家长那里收到的三张商品券放在了信封里。第二天，就去找了出租人。

当时出租人正在一层超市的柜台，他看到金裕胜时吃了一惊，神情中有警戒之色。金裕胜递上信封，说"这段时间谢谢您"，并且在行礼后慢慢走出了超市。

之后结果如何呢？我和金裕胜一样焦急，我也想知道"伊索寓言式"的方法是否能够行得通。

能够脱掉旅人的大衣的不是猛烈的风,而是温暖的阳光。在收到感谢信的三天后,出租人向金裕胜汇出了 4000 万韩元的保证金和 50 万韩元的搬家费。

"是我目光短浅了。他并不是坏人,而是好人。"

金裕胜对出租人的关怀充满了感激,也向我表达了深深的感谢。那天以后,我又多了一个可以向同事们炫耀的小故事。

"大家听说过比律师函更有力量的感谢信吗?做律师得做到这种程度……"

法律是解决纠纷的有效手段,但它是强制性的手段。因此,如果滥用这种手段,说不定还会加剧与对方的矛盾。

人们往往会轻描淡写地说,"那就走法律程序吧"。然而明智的人不会轻易诉诸法律。问题的焦点终究是人。与其关注解决纠纷的"手段",不如关注纠纷中的"对方";与其把精力放在问题本身,不如着眼于问题的核心——"人"。之后,你就会收到意想不到的效果。

13

被诱惑动摇的你将要经历的事

五十岁的吴在英在仁川经营着一家工业制造公司。

13. 被诱惑动摇的你将要经历的事

吴在英的业务经营很久了，包括从企业接订单，然后进行模具铸造继而生产产品。手艺高超的吴在英对发明新东西很感兴趣，经过长时间的反复试验，终于发明出了一种能提高汽车发动机刹车性能的装置。经过屡次实地测试，效果着实不错。

吴在英通过熟人结识了 K 公司负责人，向对方介绍了该产品。在韩国，K 公司是刹车配件领域最大的企业，年销售额达 3 兆韩元。起初，可能因为吴在英的公司是小企业，K 公司并没有太在意吴在英的提议，但是负责相关业务的次长仔细了解了该发明并多次与吴在英见面后改变了想法，认为该技术可以用于新车。

于是事情迅速推进。K 公司启动了与吴在英的合作——签订有关技术转让及委托制造合同。K 公司的提议是，一次性支付吴在英公司 7 亿韩元的技术使用费，并且将使用该技术生产的产品所获利润的 5% 作为专利使用费支付给吴在英，此外还表示，不干涉其使用该技术自行制造产品并销售给其他企业。也就是说，K 公司没有主张享有独家使用权。

这是相当不错的条件。吴在英一辈子都经营着小规模公司，一想到这次能把生意做大，内心就充满了期待。然而，K公司询问吴在英是否拥有技术专利，而吴在英没有申请专利。K公司建议，如果未持有专利，就不能对第三方行使独占权，因此应该申请该技术的专利。

吴在英向专利代理人进行了咨询，该专利代理人检索是否有与吴在英的技术相同或相似的技术申请注册了专利。令人惊讶的是，一年前已经有人申请了几乎一致的技术专利，并且最近已被通过。

专利权人是C公司。吴在英根本不知道C公司，他一头雾水，不知道到底是怎么回事。了解到这一事实的K公司表示很难继续与吴在英合作，而只得与持有相关专利的C公司进行沟通。K公司与C公司取得了联系，C公司在与K公司举行了几次会谈后，决定以专利许可的形式与K公司合作。

这消息如晴天霹雳，让吴在英不知所措。吴在英前来找我，问我有没有解决办法。专利或商标是先申请并通过注册的人才能获得的，所以即使自己发明在先，如果没有通过申请来确保自身对该专利享有的权利，就会被实际申请了专利的专利权人排斥。而需要实现该技术的商业用途的K公司，就只能与享有该专利权的企业合作。

"没有特别好的解决办法。"

我向吴在英解释说，虽然他很冤枉，但没有别的办法，只好事后诸葛亮似的给出"如果下次再发明其他技术就一定要从申请专利开始"的建议。吴在英听了我的说明后,依旧不想放弃,继续打听注册成了专利权人的 C 公司的情况,结果发现 C 公司的副社长兼经营顾问原来是自己的高中同学。

"即便 C 公司的副社长兼经营顾问是您的高中同学,结果也不会有什么不同的,吴社长。"我这样对兴冲冲前来找我的吴在英说道。

然而,听了他详细的说明后,我意识到事情并不简单。

⚖

一年零六个月前,吴在英和高中同学金正勋在自己公司的办公室见了面。在高中时期,金正勋是班长也是班里成绩的第一名,而吴在英性格内向,成绩不是很好,和同学们相处得也不太好,但金正勋总是照顾着吴在英。

金正勋从一流大学毕业,入职在韩国首屈一指的 S 集团,职业生涯一路高歌猛进。然而,后来他因对下属不光彩的贪污事件负有连带责任而提交了辞呈。为了寻找新的工作,他见了很多人,机缘巧合来到了吴在英的工业制造公司。

"我当时给他看了关于这项技术所做的笔记和到那时为止做的设计图。我当然有炫耀的意图,正勋也是搞机械的,看起来他对我开发的技术也挺感兴趣的。他说如果自己想到了其他的点子,就会提供帮助,还用手机拍下了笔记和设计图。"

"您能确定当时您的同学用手机拍下了您的笔记和设计图吗?"

"老实说,我只是依稀记得。"

只是依稀记得,因此在正式处理该纠纷时很难将此作为我方的证据。

"如果就是他拍摄了我的笔记和设计图,并在此基础上为C公司申请了专利,那么事情会怎样呢?"

我仔细查阅了《专利法》。只有首先发明某项技术的人才能获得相关专利权(《专利法》第33条第1款),如果他人不正当地获得了该专利,该专利将被视为无效(《专利法》第133条第1款第2项)。该专利在被视为无效后,正当权利人将取得该专利,且此前无权人申请专利的时间将被视为正当权利人申请专利的时间(《专利法》第35条)。

若最终能够证明金正勋将吴在英的创意用在了C公司,C公司使用并申请了该专利,那么吴在英就可以提出C公司专利无效的申请,并且将专利夺回自己手中。问题是金正勋是否能承认自己盗用了吴在英的创意。

"我要见一下金正勋。我得问问他是怎么回事。"

我很好奇这样的两个同学究竟会展开一场什么样的谈话。几天后,吴在英通过电话告诉了我结果。他说金正勋对他说当时没有拍摄,也不记得看过设计图,C公司也有开发人员,应该是自

13. 被诱惑动摇的你将要经历的事

己开发的,并对这样的结果表示惋惜。

"他说的是真的吗?"

"我大概记得,他好像拍了照片。正勋这个人不太会说谎,他明显是在撒谎。"

我向他解释,根据《反不正当竞争和商业秘密保护法》,可以以侵犯商业秘密为由对金正勋提起刑事诉讼,通过扣押搜查等方式强制查验金正勋的手机或 C 公司的内部资料。

"是吗?但是我不太想这样做。我不能起诉同学。他现在的工作好像挺好的……要不就算了吧。"

我看着吴在英,他似乎百感交集。

⚖

后来有一天,吴在英和金正勋一起来到了我的办公室,这让我大吃一惊。从金正勋的神色可以看出他这段时间很是煎熬。

"我会如实告诉您的。"

正如吴在英所推测的那样,金正勋在一年零六个月前对吴在英的工业制造公司的那项技术的相关笔记和设计图产生了兴趣,为了以后能给出建议,就用手机拍了下来。

之后金正勋被 C 公司猎头看中,并被聘为副社长兼经营顾问,当时 C 公司正在考虑开展与汽车零部件相关的新业务。金正勋作为被"猎"进公司的人,有着要为公司做点贡献的负担,所以提到了自己有位"有想法的朋友",并把自己拍的照片展示给了 C 公司的金代表。然而,金正勋也没有料到 C 公司会以这项技术为基础申请专利。也就是说,这一切都是在 C 公司金代表的要求下进行的。

"听您上次说没有拍照……"

"那时我没有勇气,因为当时公司内部正在和 K 公司沟通合作,所以不是打破局面的时机;再加上有可能会失去每个月按时发工资的稳定性和配司机的专车等福利,我就没敢说出实情。我也有来自公司层面无法明说的压力。但是,在见到在英后,我感到非常痛苦。当时拍的照片保存在我的电脑里。我可以提交必要的说明资料,还可以出面做证。"

对金正勋来说,这需要付出相当大的代价。吴在英表情复杂,一言不发地坐着。

"金副社长,估计您以后很难继续留在 C 公司了。"

"我已经做好了这样的打算。我也想稍微休息一下。"

我从金正勋那里接收了相关证据,还收到了记载了全部事实的说明。同时,金正勋向 C 公司提交了辞呈。我的看法是没有必要对 C 公司提出专利无效诉讼,而是应向其阐明原委,所以我向 C 公司发送了要求其将专利转让给我方当事人的律师函。我方有关键证人金正勋的证明,对 C 公司来说,如果不予配合,开启的将是一场没有胜算的战斗。

C 公司的意见是双方进行协商,并表示不管怎样,金正勋给其造成了损失,所以不能放过他,而吴在英则拜托说希望能免除对金正勋的追责。

最终达成的协议如下。

1. C公司名下的专利权转让给吴在英。

2. 考虑到C公司至今保有专利权,在客观上阻止了其他发明者损害该专利权,吴在英将因该专利获得的业务收益的30%作为专利费付与C公司。

3. C公司决定不对金正勋采取一切民事及刑事追责。

获得专利权的吴在英与K公司签订了技术转让及委托制造合同。K公司决定批量生产相关零部件以用于新车。同时,吴在英对长久以来经营的工业制造公司进行了清算,并成立了新公司。

他下一步的行动更令人惊讶。吴在英在公司整理出了比社长室更大的副社长室,并把金正勋"猎"了进去。吴在英本人继续负责技术开发,公司运营的事则交给了金正勋。如同雨后的土地更加紧实,两人之间的信任变得更加牢固了。

每个人都可能被眼前的利益诱惑,继而动摇立场,做出违背道义的事,担负养家重任的人尤其可能被诱惑所动摇。但我希望你在那一瞬间，能想起这样一个问题：当置身于诱惑时，你该怎么做？

自己的东西被他人不正当地夺走的人永远不会忘记这个事实。因此如果他不能夺回，就会想尽办法伤害夺走他的东西的人。支撑他们的力量是愤怒，而愤怒的能量是巨大的。这么多年来，我频频看到很多人都因为这样的愤怒而起诉他人，要求损害赔偿。

然而，我很少遇到像吴在英一样原谅并再次接纳对方的人。要记住，在被诱惑所动摇而走错路的瞬间，你可能从此失去到目前为止所积攒的成就和你所拥有的生活。不正当的诱惑从一开始就有，因此智慧这个东西也是一定要有的。不要被不属于自己的东西抛来的诱惑所动摇，这也是人生的智慧。

14

反面角色也要尽善尽美

K公司是一家雇有200名左右职员的汽车零部件制造企业。

14. 反面角色也要尽善尽美

K公司创始人代表理事因突发性脑溢血病倒后,其三十多岁的儿子崔代表接管了该公司。金部长是K公司的人事部部长,已经在这里工作了十五年。

有一天,崔代表把金部长找来说:"金部长,我有急事要和您商量。这是个敏感的话题……"

崔代表的话是这样的:创始人倒下后,K公司遇到了很多问题。他为了公司的生存,多方摸索出路,终于有了一个可以引入200亿韩元投资的机会。

"像我们这样的制造业很难吸引外部的投资,碰巧我在美国留学时认识的一位前辈在私募基金领域工作,他有对我们公司投资的想法。我和他的沟通进展得很顺利。他说,只要加上几种商业模式,公司就能实现飞跃。"

这是个好消息,但有一个问题——他们认为目前K公司的职员人数过多。

"私募基金那边要求我们裁五十个人,也就是要减少不必要的人工费用。实际上，公司现有的职员各方面条件也不符合私募基金对新的商业模式的要求。"

崔代表递给了金部长一份名单："这上面的职员是需要辞退的对象，一共五十名。"

金部长为此来找我，想要讨论一下以什么方式对名单上的职员进行辞退比较妥当。当时 K 公司的经营状况很难被认定为在经营上遭遇了紧急的困难，因此不能用《劳动法》上的"清算辞退"来解聘。

最终，还是要让职员"自发"离开，对其进行劝退或通过准许其名誉退休的形式以达到减少职员数量的目的。如果不是职员自愿的，公司就相当于不正当解雇，在这种情况下，不仅没有法律效力，公司还会受到严厉制裁。照此，投资就会泡汤。金部长的立场非常尴尬，因为他要对曾经一起工作超过了十年的同事们说"请在协议上签字，请离开公司吧"。

投资者以慰问金的名义准备了 10 亿韩元，即人均 2000 万韩元。金部长作为人事部部长，不得不扛起"枪杆子"，努力让大家毫无怨言地在协议上签字。想到卧病在床的老母亲和正上大学的两个女儿，他下决心无论如何都要在这场博弈中生存下来。

"没办法。我也得生存。"

崔代表每天都向金部长确认进展："今天收到了几份签字协议呢？时间不多了。投资者不会一直等我们的。我们也得让剩下的人更好地生存嘛！"

14. 反面角色也要尽善尽美

裁员的事很快就在公司里传开了。和金部长进行面谈后的职员们反应各不相同，有生气的，有死心的，有恳求能不能再多给点慰问金的，等等。

金部长每天晚上都要和在辞退名单上的职员们一起喝酒，向他们说明公司情况，让他们在协议上签字，凌晨才能回家。不久，金部长患上了反流性食管炎，胃里时不时地反酸水，这导致他频频呕吐。

特别开发2组的四名职员都在整理名单上，这特别让人心痛。开发2组的组长朴次长是金部长的高中后辈，因此这让他更加痛苦。五年前，在创始人的特别命令下，把在A公司干得出色的工程师朴次长"猎"到公司里来的人正是金部长自己。开发2组的组员们向金部长强烈抗议，但朴次长反而劝阻了组员们。

"朴次长，我真没脸见您啊！"

"金部长，您不是也很清楚我们团队正在研发的项目是很有希望的吗？就这样放弃，太可惜了。"

"我是知道的，但是代表从根本上改变了公司的商业模式。我也没办法。"

最终金部长在公司里晕倒了，急性胃溃疡和心肌梗塞叠加在一起，差点出了大事。医院让他住院观察几天，但金部长说不能那样做，只开了药就又回到了公司。

金部长晕倒一次后，从被劝退职员那里得到签字协议这件事就变得容易些了。大家似乎都理解了金部长的处境，金部长也充分利用了这一点，想尽快结束这一切。开发2组的组员中仍然有人强硬地反对辞职，但朴次长说服了他们。金部长对朴次长心存感激和歉意。

"金部长，我几乎说服了团队所有人，我想拜托您一件事。"

朴次长的请求是，关于目前开发2组正在研发的项目，他们要在辞职后继续进行，所以要求公司写一份确认书，内容是放弃对此项目进行研发的权利。他表示，只要做到这一点，他就会带着团队离开公司独立创业，或者想其他的出路。金部长得到了崔代表的允许，于是就给朴次长写了他想要的确认书。

"金部长，请保重身体，心肌梗塞真的很危险的。"

"好的谢谢。都说压力是罪魁祸首，等这件事结束了，很快就会好的。"

朴次长和开发2组的组员们一起在协议上签字盖章后就辞职了。

金部长在一个半月内完成了对五十名对象中的四十五人的劝退辞职及名誉退休程序。与此同时，在名单之外，自愿辞职的职员增加了六人。因此，崔代表的结构调整目标得以实现，紧接着就吸收了200亿韩元的新投资。金部长虽然心痛，但还是安慰自己说是为公司做了好事。

新投资进来后，现有的三名董事辞职，通过股东大会选举出了三名新董事,他们都是私募基金方的人。令人惊讶的是,代表理事也发生了变更。崔代表决定只维持大股东地位而退出经营一线。金部长被这种变化弄糊涂了。

新当选的郑代表是私募基金方的理事之一,他一就任就进行了独断专行的人事调整,把金部长调到了地方营业组。金部长自进入K公司起就只负责人事方面的事务,一纸调令让他去营业组,这等于是让他离开K公司。而新的人事部部长是郑代表带来的人。

听完金部长的说明,我向他解释说,针对这种有违常理的职务变更也可以通过法律途径进行维权。然而金部长带着苦涩的表情笑着说:"我这段时间辞退的人那么多,我这也是自作自受。"

我深知金部长在劝退中受了多少苦,K公司的做法实在是不近人情。然而金部长心意已决。金部长递交辞呈后也向我打了招呼,我从他离开时的背影中感受到了深深的不舍和遗憾。

⚖

再次见到金部长是在两年半后,他充满活力地出现在了我的面前。神色明朗,看起来过得很不错。他递给了我名片。

T工程公司 人事/总务部部长

金××

这是怎么回事呢？金部长把这段时间发生的事讲了出来。辞职后，金部长努力地找工作，但在将近五十的年纪是很难再找到的。然而需要花钱的地方又很多，所以在没有收入的情况下，他同时做了代驾和餐厅服务员的兼职，就这样过了两年。

有一天，金部长接到了后辈朴次长的电话。离开K公司的朴次长和开发2组的组员们合伙开了一家小公司，完成了原来一直在研发的项目并做了试产。他们凭借该试产产品获得了一家中等规模的有实力的企业的大额投资，产品生产进展得很顺利，不仅在韩国国内取得了成功，还出口到了海外。

才不过两年，朴次长，不，朴代表就取得了巨大的成功。公司迅速发展起来，就需要专人负责人事工作。因为公司职员都是工程师出身，所以人事工作出现了问题。

"朴代表说，他需要一个愿意为公司努力付出的人，就想起了我在快晕倒的时候还为公司工作的样子。那种埋头苦干的样子给他留下了好印象。天啊！世上竟然还有这样的事。"

金部长负责T工程公司的人事总务工作，这次来找我是要就将与海外公司签订的供应合同进行咨询。

"我们的朴代表真的很优秀，值得我们尊敬。我会尽我最大的努力帮助他成事。也请曹律师您多多关照。"

金部长当时为K公司尽了最大的努力，但从朴次长的立场来看，金部长该有多无情？尽管如此，当时的朴次长依然理解金部长无可奈何的处境，并在后来延续了与他的缘分。朴次长，不，

14. 反面角色也要尽善尽美

朴代表，真的让我充满敬意。这世界上的事，真是让人无法预料。

生活中，我们不可避免地会有扮演反面角色的时候，但又能怎样呢？如果不能避免，就应该好好应对。我们要让对方知道自己也不过是进程中的一环，而且，不要给对方施加过大的压力。因为从既定角色和双方的关系来看，无论如何我们都会给对方带来一定的伤害。既然如此，就应该在自己力所能及的范围内，尽量采取能顾及对方的措施，即便这措施是微不足道的。

其实，戴着袖标并不能真的给臂膀增加力量，如果随意行使被临时赋予的权力，权力和人心都可能失去。权力并不是永恒的，被权力蒙蔽了双眼，草率地行使权力的人是愚蠢的。形势随时可能发生变化。我们要记住，即便必须做反面角色，我们也要尽善尽美地去做，对他人不能缺失基本的礼貌和尊重。

15

为什么要如此地饮鸩止渴

"我想从其他公司挖人,您帮我看一下在法律上有没有问题。"

15. 为什么要如此地饮鸩止渴

W 公司的白社长在电话里恳切地说有话要当面和我说，所以前来找我。他说他想把竞争公司 B 公司开发组的孙组长挖过去，让我看一下在这个过程中是否有什么需要特别注意的地方。我想，把竞争公司的开发组组长挖过去这件事本身就不会被认为是正当的，而且想以这种方式跳槽的人未必可靠。但是白社长却非常迫切，说很需要那个人。

"他也正厌烦了目前在职的公司，想要换一家，所以我是不是应该尊重人家的选择呢？最重要的是，他认为我们公司很有吸引力，所以想要过来。虽说法律上应该没有问题，但还是请您帮我看一下。"

我虽然不太乐意，但因白社长强调这件事对他来说很重要，所以还是接下了。更何况，宪法中都明确了"选择职业的自由"。在此过程中，只要不泄露前公司的商业秘密、不做非法的事，就不会有法律问题。

之后，我见到了孙组长，他给我留下了从容不迫、具有商业头脑的第一印象。我向他询问了他要离职的理由。

"见到白社长后,我觉得他才是我要追随的人。他理解我所有的梦想和愿景。我在现在的公司,始终无法抹去自己只是单纯的工薪族的感觉,然而白社长认可我这个人本身。不是有句话叫'士为知己者死'吗?我就是想遇到像白社长一样认可我的老板。"

在旁边听着的白社长脸上露出了满意的微笑。

我琢磨了一下孙组长跳槽到W公司时需要注意的事项。W公司和B公司在业界存在竞争关系,因此孙组长的离职多少会有些敏感。在这种情况下,首先要看B公司是否和孙组长签订了竞业禁止协议,其次要看B公司的商业秘密是否存在被泄露的可能。在同业禁止这一方面,孙组长从容地笑着说:"没有签过竞业禁止协议。B公司的内部管理本来就很薄弱,老板是技术人员出身,内部员工大部分也是技术人员。"

大部分技术类公司在聘用员工时,一般会要求员工签订竞业禁止协议。该类协议约定,如果员工向公司提交辞呈,在一定时间内(通常一年到一年半)不能入职同行业的公司。然而B公司未采取这样的措施。

接下来,我向孙组长询问B公司的业务中是否存在可以被认定为商业秘密的部分。当然,正是因为孙组长在B公司主导了重要的开发任务,W公司的白社长高度评价了孙组长的这部分工作,才想要把他挖过去。如果孙组长从B公司跳槽到W公司,其年薪将会提高大概2000万韩元,这也体现了其在B公司的工作成

15、为什么要如此地饮鸩止渴

果和价值。

事实上,"商业秘密"在实务上是一个非常棘手的话题。从公司的立场来看,虽然想主张对自己重要的信息或技术都是商业秘密,但法院并不会认可所有主张。

要想让信息或技术被认定为商业秘密,公司首先要在内部明确商业秘密并对其进行管理。有意思的是,要凸显商业秘密的机密性特征,须单独明确和记载商业秘密的各项信息并指定管理人对该商业秘密进行管理;公司应具备对应的管理体系,以确保任何人都无法无故接触该商业秘密。然而大部分中小企业都达不到这种管理水平,甚至对可以被认定为商业秘密的信息或技术放任不管。

经孙组长确认,B公司也是如此,完全没有对商业秘密进行管理。那么最终结果就是,B公司并不具备在法律上阻止孙组长跳槽的制度。听完我的讲解,白社长和孙组长都非常高兴。

"真是上天帮忙啊!孙组长,以后就在我们公司展翅高飞吧。"

B公司虽然会觉得可惜,但这又能怪谁呢?加入W公司的孙组长在白社长的支持下,正式开始了自己构想的各项开发工作。白社长也感觉如同得到了千军万马。我的委托人得到了他想要的结果,但很奇怪,我的内心并不愉悦。

一年零六个月后，白社长又来找我了。他看起来非常生气。他说孙组长在两周前提交了辞呈，计划回到 B 公司。

"我为这个家伙投了多少钱啊，他竟然这样在我背后捅刀子。我想教训一下这个家伙。您这边有办法吗？不管花多少钱都没关系。"

我向白社长重新梳理了孙组长之前从 B 公司离职的过程。这次虽然改变了立场，但争议的焦点与之前的是相同的。如果签订了竞业禁止协议，就可以对孙组长进行限制。但令人惊讶的是，白社长竟然没有要求孙组长签订竞业禁止协议。

白社长挠着头说："自己如此信任而带进来的人，我怎么会要他签那种竞业禁止协议啊！……"

我叹了口气，说那么就从商业秘密的角度出发，对孙组长进行限制吧。然而白社长在这一方面也没有采取任何措施。当时他只考虑如何尽快把孙组长招过去，后来也没有制定相应的措施。这与 B 公司当时只得眼睁睁地看着孙组长被抢走的情况如出一辙。

"孙组长之前从 B 公司离职，就已经学会了怎么做可以不承担法律责任，所以这次也照原样做了。"

我心中也很郁闷。白社长无论如何都想解气，明知这是没有办法的事情，却还是坚持以 B 公司和孙组长为对象让我给他们发律师函。随即，回函很快就来了。孙组长说自己并未与 W 公司签订竞业禁止协议，而且 W 公司也未对商业秘密作出任何限制和规定。因此，根据宪法赋予的基本权利——选择职业的自由，自己完全可以跳槽。请我方今后不要再发送不当的律师函。

⚖

有句话叫"背叛过你一次的人还会背叛你好几次"。白社长急不可耐地要聘请孙组长，而留下了没有对孙组长的处事方式进行深思的疏忽和隐患。

眼前的巨大利益往往会影响人的判断力。而在利益的驱动下轻易背信弃义的人，往往会在更好的条件的引诱下再次做出背叛他人的事。"我为你做了这么多，难道你会背叛我？"的想法本身就如同明知酒中有毒却依然去饮。

16

世界上最有价值的讨好
是赢得好感

"这位朋友真的是拿刀子扎都不会流一滴血,再加上我们是乙方,真不知道该怎么接近他。"

16. 世界上最有价值的讨好是赢得好感

来访者是平时经常向我咨询的南社长，他经营着中型规模、稳定发展的服装企业N公司。为了把当时在美国很受欢迎的E品牌引进到韩国，他已经与品牌持有方美国V公司接触了一个月。

V公司请了好莱坞明星为E品牌代言，并积极进行了营销推广，因此E品牌在韩国的知名度也逐渐提升。但在韩国，除了南社长的公司以外，还有三家公司也正在与V公司进行磋商。

南社长的对接人是V公司负责亚洲事务的凯利本部长。凯利是会计师出身，精明又固执，他深知自己在谈判中处于甲方位置，因此在谈判条件上寸步不让。

许可协议中，最有争议的部分是品牌使用费的计算标准。V公司要求将品牌使用费定为全部销售额的10%。一般服装品牌使用费的计算标准不是按销售额而是按纯收益来计算，通常是纯收益的7%~8%。V公司要求将销售额的10%作为品牌使用费，这让南社长难以接受。南社长反复请求降低品牌使用费计算标准，但凯利本部长毫不动摇。

"下周将在纽约再次举行商务会议,我该如何说服他呢?"

这确实是个难题。我反复思考,觉得与其从法律方面找办法,不如寻找更人性化的对策。

"您知道凯利本部长有什么兴趣爱好吗?或者对他的家庭有什么了解吗?"

"这样的人,在商务场合上是绝对不会提及其个人信息的。如果贸然地接近并询问他,可能会显得不专业,所以得格外小心。"

"南社长,这次开会的时候,不管用什么办法,您无论如何都要进入凯利本部长的办公室,好好看看他的办公室,了解他的兴趣爱好。"

南社长露出一副为难的表情,说道:"我能进入强势的凯利的办公室吗?我觉得不可能……"

对方是一板一眼的人,南社长说做不到也是情有可原的。但一板一眼的人也是人,不是吗?我和南社长面对面地冥思苦想了很久,终于想出了一个让我们自己都有些惊讶的办法。

这个办法就是南社长拿着寻龙尺[①]和高丽青瓷仿制品到访凯利的办公室。进入之后,向凯利介绍这两个物件,并说明什么是水脉,再讲讲相关知识,比如,如果有水脉,就会引起头痛,有害健康。韩国有传统的探测水脉的方法,如果在水脉流动处放置

---

① 在韩国被称为水脉探测棒,在东方地理风水领域又被称为地灵尺、寻龙棒、探龙针等。

高丽青瓷或仿制品，就能化解坏气运。

南社长对这个办法半信半疑，但也没有别的策略。必须用一切可能的办法为谈判争取有利条件，所以南社长还是打算试一试。

在纽约的会议上，南社长向凯利本部长展示了寻龙尺和高丽青瓷仿制品。凯利看完后想要进一步了解，于是南社长按照准备好的说辞向他说明了水脉对人的影响及阻断坏运的方法。凯利表现出了极大的兴趣，自然而然地把南社长带进了自己的办公室。

南社长一边挥舞着寻龙尺，一边在凯利的办公室里走动。首先映入南社长眼帘的是填满办公室一面墙的攀岩照片和悬挂在另一侧墙上的多枚奖牌，由此看来凯利应该是一位水平相当高的攀岩爱好者。南社长想到，难怪和凯利握手时觉得他的手掌非常有力。

南社长诙谐地说道："幸好没有发现水脉。但即便如此，把这件高丽青瓷仿制品放在办公室里，也会对您有帮助的。"于是南社长便把高丽青瓷仿制品留在了凯利的办公室里。

紧接着南社长开始学起了攀岩。他几乎研读了市面上所有关于攀岩的书籍和杂志，并在教攀岩的机构报了名，学习了基础课程。但由于急于求成，南社长的手掌磨出了水泡，最后还留下了伤疤。

一个月后，南社长为了最后的磋商，再次到访位于纽约的V公司。凯利本部长和他握手时不禁被他的手掌伤势吓了一跳，于是问了他原委。

"原来我对攀岩也很感兴趣，最近在您办公室看到攀岩的照片后，我下定决心开始学习。因为开始得比较晚，心态上又急于求成，手掌受了伤。"

凯利听罢，笑着说道："攀岩最重要的是基础训练，如果蛮学，可能会出事的。您怎么不事先问我呢？"

凯利甚至忘记了磋商，向南社长讲起攀岩来。南社长因为阅读了相关书籍和杂志，所以对攀岩领域的新闻了如指掌，和凯利进行长时间的对话也能应答自如。两人陶醉在攀岩话题中，将合同磋商的事抛诸脑后。

几天后，南社长拿着V公司寄来的合同草案来找我，向我详细说明了这段时间发生的事情。V公司发来的合同上注明的品牌使用费不是销售额的10%，而是销售额的7%，品牌使用费的计算标准正是V公司在此前的磋商中绝不让步的。

"上次我去见凯利时，我们都没有提合同。不，应该是都没有时间提。听我说完手掌受伤的原因后，他就一股脑地给我讲攀岩这项运动。没想到，第二周他就给我发了对我更有利的合同草案。"

不仅如此，凯利还通过电子邮件给南社长发送了攀岩装备清单、视频学习资料，还另外赠送了安全装备。

16. 世界上最有价值的讨好是赢得好感

以此事为契机，南社长正式展开了攀岩运动，现在已经成为攀岩高手了。他与凯利本部长的良好关系由此维系着，与 V 公司服装品牌的合作也顺理成章地进行。

⚖

在尖锐对立的磋商中，双方为了说服对方，都会努力以事实和逻辑为根据。但是有时候感性的力量会超过理性的力量。如果对方对自己产生了好感，好感则可能超越条款，对磋商的推进产生奇效。

人天生就有想和自己喜欢的人一起共事的倾向，因此"喜欢做同样的事"是让对方对自己产生好感的重要因素。

如果磋商步履维艰，你就有必要仔细观察对方有何喜好，这一点的重要性不亚于磋商本身。不管你把它叫作洞察力还是智慧，它都可以让你把磋商的进程推向更远的位置。

17

用法律常识巧妙设计的心理游戏

这是经营一家金属制品工厂的金东民厂长的故事。

17. 用法律常识巧妙设计的心理游戏

为了偿还原材料贷款，金东民向朋友借了1亿韩元，承诺只借用六个月。然而金东民没能在期限内偿还借款，朋友则以诈骗罪向警察报了警。

负责调查金东民诈骗罪的是郑调查官，他三十出头，是一位非常执拗的原则主义者。

"金社长，趁着都能好好说话，你就承认吧。你向朋友借钱的时候，是不是已经有了不还的想法？你是故意的，对吧？"郑调查官始终对金社长使用威逼的审讯方式。

金社长委屈到几近哽咽："不是这样的，调查官。您问我是不是从一开始就想赖账，绝对不是。一开始我真的以为等六个月就能还上。但是我的客户们的公司接连倒闭，我也没办法。请您相信我。"

"你觉得我会相信你的胡说八道吗？你把调查官当傻瓜吗？"

郑调查官继续威逼金社长。这让金社长很是沮丧。这时，旁观整个调查过程的年纪稍长的崔调查官插话了："郑调查官，你先出去抽根烟，休息一下再回来吧。"

崔调查官坐在了金社长面前，微笑着说道："金社长，你也很累吧？我们也是拿工资做事，如有冒犯之处，也请多包涵。给你倒杯咖啡，好吗？"崔调查官说着便给金社长递了杯热咖啡。

"事实上，我在调查科经济组工作的时候，见到过很多品行低劣的骗子。他们是非常无耻的家伙。但是金社长和那些骗子有着本质的不同，我一看就感觉得出来。我反而无法理解原告因为朋友没还钱就起诉。这还是朋友吗？连陌生人都不如。"

崔调查官的话与刚才郑调查官的话完全不同。听罢，金社长的感激之情油然而生。

"我看了一下案卷资料，觉得金社长你从头到尾都没有故意赖账的想法。"

"是的，调查官。我真的没想不还钱。请您相信我。"

接下来，崔调查官问了金社长一个非常微妙的问题。

"可是话说回来，金社长你从朋友那里借钱的时候，已经有1亿韩元左右的银行债务，公司销售额也急剧下降。那么，金社长你当时是不是有'如果我六个月后还不上这笔钱怎么办'的隐隐的担心呢？你想一下。"

金社长对崔调查官的提问进行了仔细的思考。总的来说，金社长借钱的时候经济上压力较大，很难确保自己能按照约定在六个月内还清欠款。最重要的是，对于态度友好的崔调查官，金社长自然而然地回答"是的"，还缓缓地点了头。另外，他觉得这

17. 用法律常识巧妙设计的心理游戏

样做也是出于对崔调查官的尊重。继而，崔调查官拍着金社长的肩膀再次确认："是吧？你在向朋友借钱的时候也担心之后可能还不上吧？更何况你是这样有良心的人。"

金社长再次回答"是的"。崔调查官听罢，立刻在嫌疑人审问调查书中这样记下了问答的内容。

> 问：嫌疑人在向被害人借款1亿韩元时，是否意识到在清偿日期六个月届满时无法清偿该借款的可能性？
>
> 答：是的，意识到了。

被检察机关以诈骗罪提起公诉的金社长请我来做他的辩护律师，了解了案件前因后果的我只能发出苦涩的叹息。

"唉，又是一起未必故意[①]案件。"

每个月各级调查机关收到的刑事报案有多少起呢？据2011年的统计，韩国各级调查机关每月收到约八万起刑事报案，而其中涉及诈骗罪的占80%。

借钱后，没有按时还钱本身并不构成诈骗罪，这只是单纯的

[①] 又称"结果不确定故意"。指行为人预见到其行为的危害结果可能发生，也可能不发生，即使发生也不违背其本意的心态，仍然决意实施该危害行为。

民事上的债务问题。因此，在这种情况下，债权人可对债务人提起民事诉讼，等到法院判决自己胜诉后就能依法强制收回自己的钱款。但是，债权人也深知进行民事诉讼程序需要花费很长时间，费用也较高。因此，债权人往往想把对方的行为定性成诈骗罪，进行刑事起诉。

要把没有按时还钱的行为认定为诈骗罪，那么须掌握一个客观事实——债务人"欺骗"了债权人。也就是说，要有证据证明债务人从一开始借钱的时候就无偿还之意或已知晓自己之后没有偿还能力，但仍然像有能力偿还一样欺骗债权人。

但哪个债务人会乖乖地承认"是的，我其实从一开始就没有还钱的心思"呢？

债务人会说"我本来是想还钱的，而且也有偿还能力。但随着时间的推移，出现了新情况，因此不得已而没还"。如果债务人说的是真的，只是因为事后的原因没能偿还欠款，并非事前故意，那么便不能将其行为认定为诈骗罪。

而且，如果所有债务人都以这种方式进行抗辩，就不会有债务人因诈骗罪受到处罚。然而，有一个法律工具可以提高债务人因诈骗罪受到处罚的可能性，那就是"未必故意"。此心理态度可以解释为"预见到自己的行为可能导致某种犯罪行为产生，但依然做出某种行为并对其结果的产生置之不理"。换而言之，虽然不是故意的，但在意识到自己的行为可能导致某种负面结果后依然坚持"唉，我不管了，就这样"，这种行为可被认定为"未

17. 用法律常识巧妙设计的心理游戏

必故意"。

在这一事例中,崔调查官向金社长提出的"你在向朋友借钱的时候也担心之后可能还不上吧",即在法律上解释为:借钱的时候,意识到了之后无法偿还的可能性,但还是抱着无论如何都要借到钱的心态,说以后会偿还,而最终因为没按时偿还而构成了"未必故意"。

金社长向我吐露了自己的委屈,并向我咨询有没有办法使嫌疑人审问调查书无效,但依正常程序,对于经嫌疑人本人阅读并签字的审问调查书,其效力难以在后续的庭审中被推翻。

人们对"你从一开始就是故意做这种事的吧"这种问题会产生本能的防御,但是对于"其实一开始你没有坏的想法,也曾苦恼过如果出了问题该怎么办吧"之类的提问,很多人会思考"我是那样想过吗"并很快给出肯定的回答。然而你对这个问题做出肯定回答的瞬间就促成了"未必故意",因而也就形成了承认自己犯下了诈骗罪的自白。

究竟有多少人真正了解这些法律知识并能从容地应对调查呢?调查官们通常会事先定好"好警察、坏警察"的角色,一人唱红脸一人唱白脸,让接受调查的人一会儿紧张一会儿放松。一般情况下,接受调查的人会按照"好警察"的意愿做出回答,这可能是因为产生了"那个警察会站在自己这边"的错觉。但这种错觉带来的代价是巨大的。

　　即使在现在，调查机关也依然在巧妙地使用"未必故意"这一法律工具，嫌疑人被向自己示好的警察说服，继而做出无法挽回的对自己不利的陈述。对于此种做法的正当性，作为律师的我也感到苦恼。

18

一起案件，两种真实

成功地引入合作伙伴并非易事。我想讲两个我知道的关于合作伙伴的故事。

18. 一起案件，两种真实

故事 1

金社长和在大学时认识的 P 一起创业了。P 拥有多项无线通信相关专利，是一位出色的技术人员。金社长的经营经验和 P 的技术相结合，那就是理想公司的模样。于是金社长和 P 成了共同代表理事，整个公司的运营由金社长负责，技术研究开发则由 P 负责。

但在共同经营后，公司出现了让人意想不到的问题。问题的核心是 P 的技术力量：真正的生产与创业伊始的夸夸其谈不同，金社长后来才发现 P 拥有的技术几乎不可能实现商业化。最初金社长非常信任 P 的技术，因此从多个投资机构引进了资金，发现问题后，不禁眼前一片漆黑。老实说，他觉得自己被骗了。

从那时起，金社长的噩梦就开始了。因为不能信任 P，所以金社长下达了"物色能代替 P 的外部人员，开发可以立即进行商业转化的技术"的特别命令。当时，金社长被 P 的"云遮雾绕"

的说明弄得疲惫不堪：公司不是大学研究所，不能立即被商业化的理论型技术在此毫无用处，然而 P 没有认真考虑公司的经营需要，反而要求继续投入研究经费；如果要求不被接受，就以无法再推进研发为由压迫金社长。

为了弥补 P 的问题给公司造成的损失，金社长一周中有六天都要喝酒应酬。医生告诫他说再喝酒就会有危险，但他也没办法。要弥补公司技术力量的不足，把身体累垮也是不可避免的。通过应酬，金社长和几个大企业管理人员的关系变得牢固起来，在他们的关照下，公司的销售额勉强维持着。

同时，职员们对 P 的不满情绪也越来越大。大家都觉得 P 没有好好工作，但仍然拥有代表理事的头衔，还干预其能力之外的经营业务，这让职员们充满了质疑。职员们向金社长提出了调整与 P 的关系的建议。尽管如此，金社长还是念着和 P 一起创业的交情，想着坚守义气，并努力安慰职员。

然而，就像是嘲笑金社长的这种信任一样，P 做出了恶劣的渎职行为。原本几乎没有业绩的 P 终于开发出了可商业化的技术，但该技术的专利并非以公司的名义而是以他个人的名义申请的。这着实令人震惊。一直以来，公司销售的主角是金社长，照现在的情况，销售的甜头要被 P 独占了。

金社长不再相信 P 了，因而也觉得没有必要再维护他。于是，金社长对 P 以渎职罪向检察机关报案，并在对 P 提出损害赔偿请求诉讼的同时，还准备提起将以 P 的名义注册的技术变更到公司名下的诉讼。公司职员们异口同声地指责 P 的行为，同时也同情好说话的、事先被蒙在鼓里的金社长。

故事 2

白博士还没毕业时就已经是优秀的技术人员了，他收到了多家知名大企业抛出的橄榄枝。最终完成学业的白博士基于家庭经济条件不佳而母亲又生病需要照顾的现实，打算尽快入职待遇相当好的 S 电子公司。

然而大学同级校友 K 几次来找他，劝他与其一起创业。白博士郑重地拒绝了，因为他一直觉得自己更适合做一名科研人员，而不是经营者，况且他急需用钱。

但 K 非常执着，而且 K 已经把白博士拥有的专利技术说成了自己可以支配的资源以吸引投资者，已经有投资者表示出了约 10 亿韩元的投资意向。

"我很抱歉，没有提前告诉你这些。但必须有人宣传你出色的研发成果，并尽快使之商业化。在宣传上，我比较擅长。就让我们全力以赴吧。"

在 K 恳切的请求下，白博士最终接受了 K 的提议。K 也大致了解白博士的家庭状况，答应立即为他提供 1 亿韩元左右的现金以解他的燃眉之急。有了这些钱，白博士可以偿还部分之前累积下来的债务，并支付母亲的医疗费用。但白博士更看重的是，

K承诺将持续支持他的研发工作,让他专心于自己的研究。K信誓旦旦地说创业公司的核心力量在于技术,因此让白博士完全不用担心,自己肯定会继续支持白博士的研发工作。

就这样,白博士和K一起创业,成了共同代表理事。白博士向K明确表示,自己对经营不感兴趣,只会埋头研究,公司经营由K全权负责。

但是公司一开始运行就遭遇了让人意想不到的问题。

第一,K在公司内部散布谣言,说自己吸引来了投资,投资资金中的1亿韩元被白博士在没有明确理由的情况下占为己有。能够从投资者那里得到10亿韩元的投资,显然靠的是白博士掌握的技术,然而公司内部却出现了这样的谣言。因此白博士把K的这种行为当成他对自己的钳制。

第二,K公然在职员面前说白博士的技术没有商业价值。白博士觉得他这样做实在荒唐。明明在公司创立之初,白博士已经充分告知他自己的技术是关于基础原理的,要将其商业化,至少需要一年的研发时间,并且K也同意了。然而,公司成立三个月后,K便以没有可视性的研究结果为由,在职员面前公开羞辱白博士,而且这种行为还越来越频繁。白博士怀疑K已经从投资者那里得到了投资,所以就毫无顾忌地显露出了想要全权经营公司的贪婪的本性。

第三,K道德败坏。K每周有一半以上的时间都在酒吧包房。公司财务部看到那些招待费用单也不禁咋舌。表面上说这是为了

18. 一起案件，两种真实

公司而不得不做的应酬，但实际上 K 在包养情妇，而且有传闻说，公司花费的这些资金有很大一部分与业务无关，而是花在了情妇身上。传闻还说，已经有职员发现了能够力证这些传闻真实性的证据。几个职员来找白博士，说"公司这样下去会倒闭的。无论如何都要制定对策来阻止他"。

第四，最严重的是，K 正在积极促使风险投资公司收购公司的股权。目前公司连制造实体都没有，K 却正在试图把公司包装成加工制造销售一体化的公司以期能够让第三方对其进行收购。白博士没想到 K 会如此作为。白博士此前已经把自身拥有的技术的所有权转让给了公司，目前的处境是若稍有不慎，公司的经营权就会转让给第三方。

白博士这段时间开发出了可以商业化的技术。但是在现在的情况下，以公司的名义申请专利十分不妥。团队里一起开发技术的研究员们也称"在 K 想转让公司的情况下，以公司的名义申请专利是'自杀行为'"。研究员们一致认为，先以白博士个人的名义申请专利，然后观察情形，再确定最终申请人，这样的决策也对公司职员有利。

于是白博士以个人名义申请了新技术的专利，这样做不仅是为了自己，也是为了相信和跟随自己的研究员们。然而 K 得知此事后，便以渎职为由，对白博士提起了刑事诉讼，并提出了请求损害赔偿的民事诉讼。

由日本导演黑泽明在 1950 年执导的电影《罗生门》刻画了战乱中的平安时代。影片中，某个村庄的树林里发生了杀人事件，相关当事人在官府陈述自己的经历，但是每个人说的话都不一样。当然，有如此不同的陈述，其根本原因是人们的立场各不相同，人们之间的利害关系也有着微妙之处。

在我讲述的案件中也存在立场的对立。

您可能猜到了，故事 1 和故事 2 正是本案件的原告和被告分别主张的真相。故事 1 中的 P 是故事 2 中的白博士，故事 2 中的 K 是故事 1 中的金社长。

在律师生涯刚开始的时候，前辈们提醒过我："不能因为听取了我方委托人的话就断定自己了解了事件的全貌。委托人只会基于自身立场说明整个事件中的部分事实。真相，只有在了解了对方的立场和陈述并冷静地分析后才能洞悉。"

就像前辈们说的那样，在进行实际咨询时，我发现并未说出真相的委托人比想象中的更多。其理由大致有以下两点。

一是为了隐瞒真相。委托人想要把案件委托给律师，担心"如果把对自己不利的信息告诉律师，律师会不会带着偏见看待案件"，因此只说对自己有利的信息。

二是由于瞬间产生的错觉或持续的自我合理化，委托人不自觉地歪曲了客观事实，继而再自我消化并将歪曲后的事实误认为真相。在这种情况下，委托人自己也不知道自己歪曲了事实。

⚖

  法官们经常诉苦道："原告、被告应该比谁都了解真相，为什么要来法院吵着让法院给出真相呢？"

  诉讼就是这样，双方当事人各自从自己的立场出发，重新解构支持自身立场的事实，并且在双方律师的加持下向法院主张自己的权利；而法官要在苦恼中判断更应相信哪一方，结论往往会有所偏颇。

  法庭上的"真相"便是如此，但大多数人会认为法庭上查明的事实便是真相。我每天都会面对这种差异，内心总有一种如芒在背的感觉。

19

每个人都有自己的处境

"我只是想吓唬他,他还真给了我 200 万韩元。这钱来得真容易,我很惊讶。"

19. 每个人都有自己的处境

兼职做代驾的东洙从同样兼职做代驾的哲求那里听到了这样一则故事。哲求收到了一个醉酒的客人的呼叫，这人让他把车停在公寓入口的路边，接下来要自己开走，但是不能以约定好的价格支付劳务费，因而和哲求发生了争执。

由于没能拿到约定的劳务费，哲求很是气愤，他偷偷用手机拍摄了客人上车后开车的视频，并在第二天给客人打了电话。哲求对客人说"我有您昨天酒后驾车的视频"，并把视频发了过去，当他说要将视频举报给警方时，客人吓坏了，所以给了他200万韩元。

"他说他在大企业上班，有很多事情要用车。如果因酒后驾驶受到刑事处罚或被吊销驾照，能否继续在公司上班将是个问题，所以他看起来非常害怕。说实话我还真不想把他吓成那样。"

几天后的午夜，东洙接到代驾呼叫后赶到九老洞从喝醉的客人手中接过了车，然后开车到了上溪洞。进入上溪洞某胡同后，客人对东洙说："您在这里停车吧。哎呀，在这个胡同里还要走很长一段路才能到公寓,司机您从那里返回的话会很累的,我能开过去的。"

东洙问客人"您喝了酒没关系吗",客人说"没关系",便握住了方向盘。当时东洙没有什么特别的计划,但看到客人喝醉了酒还抓着方向盘就突然想起了几天前哲求说的事,于是下意识地偷偷用手机拍下了那个场面。

第二天,东洙回放视频,一阵犹豫后,向对方发送了视频并附上了一句:"这是您昨天酒后驾车的视频。"

在外工作的车镇成盯着东洙发来的信息看了很久,无奈地苦笑。

"唉,你看还有这样的家伙。"

⚖

车镇成给认识的前辈律师打电话,咨询对方发送这样的信息是否存在法律问题。律师表示,发送信息本身就可被看作胁迫。如果对方索要钱财,且称不给就会报警的话,那么根据刑法,这种行为就构成了"恐吓罪"[①]。

车镇成是 ROTC[②] 军官出身,自尊心很强,而且无法忍受这种不义的行为。于是他给东洙打电话表示想要见面沟通。交谈中,

---

① 敲诈勒索罪。
② 预备役军官训练计划。

车镇成装出害怕的样子说:"我该怎么办呢?因为害怕,连工作时都心不在焉。您有什么要求尽管提。"

东洙犹豫了一下说:"这件事让您心情不好,最好还是尽快了结吧。您给我100万韩元,不,200万韩元当交通补助就好了。"

"啊,200万韩元?了解了。请您宽限几天,我会再打电话给您的。"

车镇成偷偷录下了通话内容。对方以酒后驾驶为借口,一边说要举报,一边索要钱财,按照律师的解释,这就是典型的恐吓罪。车镇成去找了那位做律师的前辈。

"前辈,像这种家伙,真的应该被好好教训一下。我已经录音了,可以以'恐吓罪'起诉他了吗?"

"这样的话,那你的酒后驾驶也是一个问题。而且你们都会很累吧?会不会把事情搞得太大了?"

"我问了当警察的朋友,他说仅凭那种家伙发来的视频,我很难被认定为酒后驾驶。哪怕真的被认定了,我又不是公职人员,被罚点钱也没关系。"

"你在韩国到哪里都要开车,应酬也很多,为什么不聘请一位司机呢?"

"我这情况哪能要什么司机呀!当然,代驾费确实也花了不少。您为我起草起诉状吧。麻烦您了,前辈!"

东洙和车镇成通话后,虽然有些不安,但另一方面又因为即将能有一大笔钱而有点激动。东洙和其母亲、妹妹住在一起。母亲是清洁工,最近在冰面上摔倒导致腿骨折了。妹妹是幼儿园教师,挣得也少。她的工资加上东洙的代驾费是家里全部的收入,要靠这点收入来支付母亲的医疗费,那是远远不够的。

某天,东洙陪母亲去医院治疗,回来得比较晚,从幼儿园下班回家的妹妹把他叫到了屋外。

"哥哥,这是怎么回事呀?"

妹妹拿出了他的手机,原来东洙去医院时把手机落在家里了。

"我看电话铃总是响,就替你接了,接着看到了哥哥发给别人的信息和视频。你为什么要这么做?"

东洙羞愧得什么话也说不出来。妹妹眼里噙满了泪水。

"哥哥,即使我们没有钱也不能这样做。我知道你最近很辛苦,但这样是不行的。"

东洙用手抱住了头,羞愧难当。

⚖

前辈律师给车镇成打了电话,说起诉状已经写好了。车镇成打算给东洙打电话骂他一顿,然而这时收到了东洙发来的信息。

"老板,对不起。是我错了。我会把视频删掉,当作什么也没有发生,老板您也忘掉吧。是我鬼迷心窍了,对不起,真的很抱歉。"

呃,对不起?我还正考虑以"恐吓罪"起诉呢,怎么突然变成这样了?车镇成一头雾水,便给东洙打电话,问他突然发这些信息是什么意思。

"其实我是因为我妈妈的医药费而苦恼……我的心好像被什么东西勾住了。老板,我犯了大错。我很惭愧。"

听到东洙哽咽中的说明,车镇成也感到慌张:"其实我本来想以'恐吓罪'起诉你的。那我们干脆把事情搞清楚,见面签一份协议吧。"

东洙随声附和。此番之后,车镇成便带着东洙出现在我面前。东洙无精打采地在我和车镇成面前诉说着自己的遭遇。我按照他们的表述进行了整理。

"您可能听说了,镇成想以'恐吓罪'起诉您,连录音都准备好了。但是东洙您如此充满诚意地道歉,因此镇成也想当作什么都没有发生过。同时东洙也决定不再以镇成酒后驾驶为由挑起是非。那么,我以这样的内容为基准撰写协议书。二位觉得如何?"

东洙不住地点头。我敲打着键盘,撰写协议书。车镇成呆呆地盯着东洙看了好一会儿,然后说:"东洙先生,不,我现在可以叫你东洙了吗?我看你是我的侄子辈。你现在只是做代驾吗?一个月能挣多少?"

"我努力接代驾呼叫,即使工作到凌晨,除去向公司缴纳的手续费、交通费和通信费,也就剩下六七十万韩元。"

我把协议书打印了出来,放在两人面前。镇成没有细看协议,又接着对东洙说:"东洙,你车开得好吗?"

"当然,我以前在部队的时候就开车。"

一提到部队眼睛就发光的车镇成不自觉便把手搭在了东洙的肩膀上。从那一刻起,东洙先生,不,是东洙便被这位走遍韩国的销售大王车镇成聘为了专职司机。最后,我起草的协议书和起诉状都成了无用之物,但我因这样的结局感到欣慰。我真心祝愿镇成的事业大获成功。

⚖

遇到问题时,我们会为了解决问题而绞尽脑汁。作为直接或间接经历过无数纠纷的律师,我想提一个建议。

请先把问题本身放下,把注意力集中在人身上。让你焦躁心烦的那个非亲非故的人终究也是某个人的父亲、儿子、丈夫。他过着怎样的生活,他的生活环境如何,他在意的是什么,他为了什么而痛苦?像这样先用人性化的视角看待对方,把问题与人分开来思考,不仅有助于找到更多解决问题的办法,还可能转祸为福。

20

不应触碰他人逆鳞的理由

一个月前，首尔中央地方检察厅特别搜查部检察官姜熙元在办公室收到了身份不明的人寄来的举报材料。

20. 不应触碰他人逆鳞的理由

举报材料揭露 U 建设多次向中央部门公职人员行贿，数额巨大，并因此承揽了两个政府建设项目。

公职人员卷入这种案件，正是满怀使命感的特别搜查部的检察官们要调查的，而且此前地方检察厅厅长向一线检察官下达了要正本清源、肃清公职人员不正之风的命令，因此姜检察官十分想要干净利落地处理好该案件。但是事与愿违，很难找到关键线索。姜检察官在白纸上画出了相关人物的关系图。

U 建设黄社长

中央部门 权××局长，蔡××局长，申××科长

U 建设的黄社长是白手起家的经营者，现在正值花甲之年。U 建设最近几年承揽了多项市政建设工程，因此发展迅速。从各种情况来看，黄社长不能不让人疑心他与中央部门有所勾结。举

报材料似乎是由 U 建设的竞争企业寄来的，但由于没有确凿的证据，调查责任依然由检察官承担。

调查中央部门局级及以上公职人员一定要慎之又慎。首先，姜检察官郑重地向调查系长咨询了黄社长和权局长的情况。反馈说，黄社长与权局长、蔡局长吃过几次饭，黄社长和权局长是高中前后辈关系，但他们只是一起吃过饭而已，并无行贿或不正当请托之事。

就在调查停滞不前之际，第二份举报材料寄到了姜检察官的办公室。这份材料更为详细地指出了调查方向。该材料表示，如果深入调查 U 建设的账目，就会发现不当的金钱往来；如果追查相关公职人员及其家属的账户，就会发现入账的痕迹。

姜检察官是个愈挫愈勇的人，因此不怕麻烦。他以举报材料为依据，向法院申请了对 U 建设账目的扣押搜查令，并申请了对相关公职人员及其亲属账户明细的调查。之后，调查人员确实发现了多笔资金流向不明。事实上，与大企业不同，中小型企业的账目并不那么规范、明晰。因此，即使实际的钱款往来与账面上的记录有所出入，也很难被断定为行贿的证据。

姜检察官请去了 U 建设的财务负责人，严肃地说道："看了你们的账目，问题很多啊。黄社长个人取走的钱、以小金库的形

20. 不应触碰他人逆鳞的理由

式提取的钱都被我们查出来了。同时,您要知道,如果不能合理地说明钱用在了哪里,你们会被判定为渎职罪或贪污罪的共犯!"

财务负责人担心刑事责任落在自己身上,于是说出了黄社长以个人名义从公司账户提取现金的事。相比于大企业规范化的提款流程,中小型企业的这种操作非常简单。

姜检察官的目标并不是揭发黄社长个人的不正当行为,而是要查明其与高级公职人员的关系。然而,这并非易事。调查的公职人员的账户中没有存入巨额钱款的痕迹。收受贿赂的人为了防止被抓到把柄,往往不会把钱款存入自己及亲属的账户,而是将其单独保管在保险柜之类的地方。姜检察官没有什么好办法,只能不时地把黄社长叫到检察机关,或大声呵斥,或友好相待,以期找到突破口,促使他能坦白自己与公职人员相勾结的事。

"黄社长,我们现在都知道您公司账户有亏空。仅凭这一点,您就摆脱不了业务上的罪名。对此,法定的刑罚相当重。但是只要黄社长您坦白您是怎么把钱交给这些公职人员的,我就会向上边反映,为您争取从宽处理。当然,行贿本身也要入罪,但考虑到您协助调查,可以为您争取予以缓期起诉或不起诉。我们这次调查的主要目标是肃清公职人员的腐败之风。"

然而黄社长反复重申自己之前的说明,说虽然从公司账户上挪用了资金,但那些钱都用在应对自己的紧急情况和娱乐消费上了,绝对没有向公职人员行贿之事。因此,调查还是卡住了。

之后某天,姜检察官从调查官那里听到了黄社长被送进了医院重症监护室的消息。黄社长患有高血压,最近由于持续的调查再加上由此导致的公司经营恶化等情况,突发脑溢血而晕倒,目前状况非常严重。

姜检察官给医院打电话,向主治医师询问了黄社长的情况。对方回答说黄社长身体的三分之二已经麻痹了,语言功能严重受损,今后相当长的时间内需要静养。姜检察官因为自己还没有展开大举调查,而黄社长已然到了这样的地步,心里五味杂陈。随后,他判断这起案件很难继续推进而决定终止调查。

然而几天后,有位叫尹成日的先生前来找姜检察官。此前,他先找了曾去U建设调查的调查系长,说一定要面见姜检察官。

"我是姜检察官,您找我有什么事吗?"

因为已经对U建设的行贿一案结束调查,姜检察官也没有什么特别的期待,只是按常规接待了对方。

"谢谢您在百忙之中抽出时间见我。我是黄社长的司机。我来找您是因为我有些话想当面对您说,都是关于U建设的。"

一听到对方说自己是黄社长的司机,姜检察官便开始思考起来。为什么不去调查一下司机呢?真是疏忽了,姜检察官不禁拍了下自己的大腿。

尹成日边说边翻开了一本厚厚的手册:"在这本手册上,我记

20. 不应触碰他人逆鳞的理由

下了自己在老板的指示下见权局长并把钱给权局长的日期、地点和大致的金额。"

姜检察官像扫描仪般仔细查看手册上记载的信息。

> 2010 年 4 月 2 日 希望加油站／购 1 个／1000
> 2010 年 4 月 28 日 乡村停车场／箱子 1 个／3000
> ……………

"尹成日先生，这些记录具体是什么意思？我能猜到个大概，但还是请您说明一下。"

"是这样的。2010 年 4 月 2 日，我在权局长住宅附近的希望加油站给了他一个购物袋，里面装满了单张面额 1 万韩元的纸币，一共 1000 万韩元。2010 年 4 月 28 日，权局长和我们社长打高尔夫球的时候，我在停车场里往权局长车的后备厢里放了一个装满了面额 1 万韩元纸币的箱子，那次大概有 3000 万韩元。此外……"

姜检察官内心大呼快哉，心想对方竟然能够写得这么详细。钱款共计 1.5 亿韩元，大概分成五次给了权局长。

"谢谢您对调查提供帮助。只是我有个疑问，是什么原因促使您把这些记录得这么详细却直到现在才来举报呢？"

尹成日深吸了一口气，然后用平静的声音将原委道来。

尹成日作为驾驶兵从军队毕业后，在前辈的介绍下，成了 U

建设黄社长的司机。除了开车,尹成日没有什么其他的技术,但黄社长对其一直很是关心,因此尹成日内心一直心存感激。虽然经常要陪同黄社长应酬到凌晨,但他并不觉得累。

某次应酬期间,充满人情味的黄社长对尹成日说道:"你也学点东西吧。你不是说你连大学都没读完吗?你跟着我来回跑,等待的时间不是很多嘛。其间不要只看手机,多看书学习吧。拿到个资格证什么的不也很好吗?总不能一辈子靠给别人开车生活吧。"

黄社长的关心让尹成日流下了眼泪。接着黄社长给了他一张100万韩元的支票,并豪爽地说:"来,收下吧。但不能用这些钱买酒喝!买点书在等我的间隙学习吧。"

之后,尹成日反省自己,并下定决心好好制定人生计划。

尹成日先去书店买了几本资格证考试用书,按照黄社长的建议,在等候的间隙学习。刚开始,他的眼睛总是不时地瞟手机,被黄社长发现了几次并被批评后,他渐渐养成了哪怕只有五分钟的空闲时间也要看书的习惯。

有一天,黄社长和往常有些不同,有点兴奋激动,他在车后座上边看着窗外边对尹成日说:"我们高中出来的一位后辈非常优秀。他通过了行政考试,现在已经坐上了局长的位置。真是令人

20. 不应触碰他人逆鳞的理由

骄傲的后辈啊！估计以后会经常和他见面吃饭的。你以后也要好好和他打招呼。"

之后的一天，黄社长在事先预约好的一家韩式定食餐厅里和后辈权局长一起用餐。尹成日那天也在车里认真研读资格证考试用书。大概晚上九点半时，尹成日看到黄社长和一位中年男士一起走出了餐厅。尹成日随即启动好车。

"前辈！今天真的很感谢您的招待。"中年绅士摇摇摆摆地说，看起来醉意不小。

"哎呀，后辈。我更感到荣幸。你没开车来吗？别叫什么出租车，就用我的车送你吧。尹司机，你去送一下权局长。"

尹成日按照黄社长的指示把权局长请到了车的后座。

"尹司机，我打车回去，你明天早上来我家接我吧。你一定要好好把权局长送到家。"

尹成日向黄社长行告别礼后上了车。

"局长您好，初次见面。您府上在哪里？把您送到哪里，您会比较方便？"

坐在后座上的权局长的态度与刚才截然不同，他用冰冷的声音说："还挺会玩的，有点钱就趾高气扬，竟然在我面前拿前辈姿态。真恶心人。喂，××洞××公寓！"

随后，喝得酩酊大醉的权局长突然拿起了尹成日放在副驾驶座上的书翻动起来，并问道："这是什么，呵，在学习吗？这资格证考下来又有什么用呢？"

"唉,我上学的时候没好好学习,现在想着学点东西。"

"哎哟,你这个人。学习都是看时机的,你现在拿到这样的资格证什么也做不了,没什么用处的。你这人过得挺没意思的,没意思啊!得了,我今天喝太多了。"

权局长撕下了几页书,擦了擦嘴,将书页扔出了窗外,在后座上沉沉睡去。

"我就安慰自己'他喝醉了,如果我喝醉了也会这样',我劝了自己好几遍才让自己平静下来,但那种屈辱感一直挥之不去。那家伙讥讽的声音,我怎么也忘不了。"

此后,尹成日在黄社长的指示下不时地给权局长送钱。黄社长非常信任嘴严的尹成日。权局长说这是从前辈那里得到的钱,所以心理上没有什么负担。

但是尹成日对于权局长一边贬低黄社长一边又心安理得地收受黄社长钱的行为很是恼火,因此记下了给权局长送钱的日期、地点和大致的金额,想着说不定什么时候就能用到。

"我听说我们社长以后没法儿过正常人的生活了。如果社长好好的,我是不会公开这样的记录的。看到社长病倒了,我就没有顾虑了。有这样的记录,权局长会受到处罚吧?"

此后,姜检察官的调查势如破竹。在尹成日这位证人有力证据的帮助下,调查人员与涉案的公职人员展开对质,并对他们施加了压力,最终权局长承认了自己受贿的事实,并坦白了有部分赃款流向了自己上级的事。权局长和其上级都被免了职,并分别被判处有期徒刑三年、一年零六个月。

这一案件当时被作为典型公职人员反腐案件而被媒体大加报道。我在企业犯罪研讨会上见到了我那位大学后辈姜检察官,他在会后的聚餐上把这起案件作为"下酒菜"讲了出来。

"我在调查的时候悄悄地问了权局长,但权局长竟然丝毫不记得喝醉酒后对司机说的话,也全然不记得自己做了什么。无意中说的话、做出的举动会带来那么大的影响,真是令人唏嘘。"

我听着姜检察官的讲述,真切地感受到,一个人大意的言行可能会成为给别人带去致命伤疤的利刃,由此我内心也不禁一阵感叹。

⚖

每个人都有不能触碰的地方,对某些人来说可能是学历,对某些人来说可能是家庭关系,对另一些人来说可能是子女问题、财产问题、身体问题。他人意想不到的看似琐碎的事也都有可能是一些人不能被触碰之所在。在心理学上,这被称为"核心情结"。一旦被人触及,其主体就会感到自己受到了无法弥补的伤害。

《韩非子·说难》曾对逆鳞作出阐释:"夫龙之为虫也,柔可狎而骑也;然其喉下有逆鳞径尺,若人有婴之者,则必杀人。"

平时随意对待下属的权局长触碰了司机尹成日的逆鳞，并为此付出了沉重的代价。如此说来，我们怎能言语轻狂，轻率行事呢？

21

吃一堑,长一智

通过司法考试后,按照教育培养要求,司法研修生们在司法研修院研读的第二年,要担任一定次数的国选辩护律师。

21. 吃一堑，长一智

作为刑事案件的辩护人，为嫌疑人进行辩护，这对初出茅庐的法律研修生来说是一个激动人心的挑战。如果我负责的嫌疑人没有罪，却被冤枉并接受了审判，那我就应该为无罪判决而斗争；即使嫌疑人真的犯了罪，但有苦衷，我也应该向法庭说明情况，让法庭酌情判决。

当时我实习的法院是首尔南部地方法院，分给我的第一个国选辩护刑事案件的嫌疑人是有四次盗窃前科的张某。张某当时三十五岁，偷盗别人停放在公寓前的摩托车，结果被逮个正着。张某在警察机关、检察机关面前供认了自己的犯罪事实。

被盗的摩托车返还给了被害人，如果张某没有前科，这次就属于犯罪未遂，可以不被拘留、不经过开庭审理，在检察机关处理阶段以简易起诉（罚金刑）结束就行。但张某有前科，如果被认定为盗窃惯犯，可能会被判处二至三年有期徒刑。

我去见了被拘留在永登浦拘留所的张某。当时为了不被委托人认出自己只是一个初出茅庐的司法研修生，我还特意戴上了看起来能让自己显得成熟的边框眼镜,胡子也没有刮。我相信自己在法理知识方面不亚于成熟的律师,但不能否认自己的经验还是欠缺的。

我用笔轻轻地敲着案件记录,忖度着该怎么说。

"您怎么又犯了这样的事?"

张某低着头哽咽着说:"我真是犯了死罪啊,律师。呜呜!"

"别,别这样。倒也不是那么严重。请您先冷静下来。"

我看他不像天性就坏的人,但多次盗窃的前科足以让法官先入为主,对他产生不好的印象。

"您打算偷摩托车然后把它卖掉,对吧?"

"是的。我之前真的下定决心再也不偷别人的东西了,因为妈妈被确诊罹患癌症,需要医药费……所以我这样做了。"

什么?母亲被确诊患了癌症?可是警方、检察机关的调查记录中没提到这一点。这件事与犯罪动机有关,因此这可以作为向法庭提出从宽处理申请的理由。我让他把情况说得更详细些。

"是的,我母亲两个月前被确诊为胃癌三期,得尽快去大医院治疗。我又没有工作,我真的不知道该怎么办。我也向周围的朋友借钱,但没有借到。母亲一辈子都在为我操心……我真是个不孝子。"

我的眼里随之也噙满了泪水,但是马上告诫自己:这样不行,这样看起来不专业,要忍住。如此反复提醒自己,我才让心绪渐渐平静下来。

21. 吃一堑，长一智

"为什么没有向警方、检察机关反映这些情况呢？"

"说了也没用的，他们会装作没听见。这些当官的只要找到我的错处，就觉得自己该做的就都做完了。"

"好吧，这部分就由作为您的辩护人的我来进行吧。"我做好了心理准备。

"律师，我这次一定要争取缓刑，走出监狱。一切都拜托您了。"

"好的，我也会努力争取的。但是因为您有前科……您再想想，还有其他可以让法官酌情裁定的事情吗？"

"我也不知道有没有可以算作相关的，只要我能想起来我就一定会告诉您的，万一能用上就好了。"

听了张某的故事，感觉自己是在看《这就是人生》[①]的特别篇。在艰苦的环境下，张某坚持读夜校高中，还在假期干粗活，可某天干活时，腿受了伤而瘸了。对这种处境感到悲观的他，最终走上了邪路，犯下了前科。

后来，他遇到了一位心地善良的女性，跟她结婚后，他重新振作起来。他在前辈开的修车厂找到了一份工作，安定了下来。

[①] 韩国KBS电视台从1995年3月到2005年4月播放的纪实类节目。

然而这样的生活并没有维持多久。他在前辈的请托之下为其做了担保，但前辈中途跑路，导致他原来的房子被拍卖了。夫妻之间因此总是吵架，他对妻子屡次施暴，最终妻子离家出走了，家中剩下母亲和一个七岁、一个三岁的儿子。小儿子患有罕见的皮肤病，需要接受治疗，费用不菲。知道了这些，我不禁感慨一个人的人生就这样被命运的巨浪裹挟了。

"律师，如果我这次被判实刑，我母亲就会死的，也没有人照顾两个年幼的孩子。不管怎么样，请您一定要为我争取缓刑。"

"您联系不上您的妻子吗？总得有人照顾孩子吧。我可以帮您联系一下。"

"没有用的。她是受够了我才逃跑的。"张某说到这里泣不成声。

会面结束后，看着他一瘸一拐的背影，我心里很不是滋味。对于国选辩护人来说，该案件未免负担过重。一想到那个人的人生悬在我的肩膀上，我的心情就很是沉重。

我翻阅调查记录，联系到了被害人。如果被害人能够出具表示不愿对嫌疑人进行处罚的处罚不愿书，张某就有被轻判的可能。如我所料，被害人直言不讳地说自己不想包庇嫌疑人。我恳请他见我一面，第二天就去了被害人的办公地点，会面时我把张某的困境说了。

"老师，不是有句话说'可以痛恨罪恶，但不能去恨人'吗？他现在的处境太可怜了。我是国选辩护律师，我免费为他提供服务。您看我都这样拜托您了,您能在处罚不愿书上签名吗?"

在我恳切的请求下,被害人终于决定放他一马,说希望一切顺利。

无论如何都无法主张张某无罪,我便最大限度地突出张某所处的困境,共有以下六点:

1. 作案动机:为其母筹集医疗费。
2. 赔偿损失:摩托车已归还给被害人,被害人无实际损失。
3. 被害人已经原谅嫌疑人,不愿让嫌疑人受到处罚。
4. 嫌疑人目前存在身体残障情况。
5. 嫌疑人妻子离家出走,其子由嫌疑人一人抚养。
6. 嫌疑人的母亲被确诊罹患胃癌,需要嫌疑人的资金及精神支持。

在法庭上进行最终辩论时,我不顾法官的眼色,仍旧占用了十分钟的时间,长篇大论般地说明了这位张姓嫌疑人的情况,强烈地表达了"可以痛恨罪恶,但不能去恨人""我们的社会无论如何都要照顾这些弱者"的观念。然而法官看向嫌疑人时的表情带有不悦,这让我内心多少有些不安。

日子在忙碌中匆匆流逝，终于等到了宣判日。一般刑事案件的宣判，律师不用出庭，但我在宣判前半小时怀着焦急的心情到达了法庭。法官入场后宣读了案件编号，继而宣判道：

"被告人有多次前科，但考虑被害人提交了处罚不愿书，被告人也确有应被酌情考虑的事由，因此本庭宣判缓期执行。被告人，以后千万不要再做这种事，要脚踏实地地生活。国选辩护律师也辛苦了。本庭判处被告人有期徒刑一年，缓期两年执行。"

啊，我和张某的真情起作用了！因为被判缓刑，张某可以被立即释放。张某回头看我，流下了感激的泪水。

我打电话给永登浦拘留所，询问张某的释放时间。我想去现场目睹由我担任辩护律师的嫌疑人重获自由的场面。当天下午五点，我来到拘留所的总务科，找到了正在办理释放手续的张某。本以为他会很高兴，但不知怎的，张某一看到我就打了个激灵。

我满面笑容地和他握手："衷心地恭喜您。"

我拉着张某的手走出了拘留所。啊，我满心觉得这就是律师工作的意义，心情就像走在云端。随后，一个女人站在了我们面前。

"尚九他爸，你辛苦了。"

天啊，竟有这么感人的事！我以为是离家出走的妻子回来了，便问张某："这位是您的妻子吗？"

这时，张某挠了挠头，说出了让我感到意外的话："对不起。其实我妻子没有离家出走。"

这是什么话啊！现在仔细看，张某的腿也不再是一瘸一拐的了。

"哦，那腿呢？"

"啊，我被拘留后，在拘留所里扭了一下，腿受伤了，所以就那样对您说了。幸运的是，现在都没事了。我确实对您撒了点谎。我很抱歉。"

我心想，真是什么人都有。但我还是怀着"拜托，但愿他的谎全撒完了"的想法问道："那么，您母亲的胃癌……确诊了吗？"

"啊，也很对不起。其实我妈妈去世已经有一段时间了。"他看着我不好意思地笑了笑。

"事实上，我不是一开始就打算这样做的。如果来的是有经验的律师，他们是不会相信我的。但您一看就是研修生。只要国选辩护律师相信我，为我好好辩护，法官就可能酌情裁定，我就有胜算，所以我编了一点瞎话。况且，物品也已经归还，被害人并没有什么损失。"

原来我被他看出是司法研修生了。一瞬间我感到很是窘迫。

"只有真的有隐情，法官才会给被告人酌情减刑。您对我很用心，在法庭上也辩护得很好，我觉得您以后会成为一名优秀的法律界人士。"

张某与妻子并肩向我行礼后便匆匆离开了。我投入了过多的感情在这起案件里，就这样，我的第一次国选辩护结束了。

同时，我也吸取了教训。知道了在进行刑事辩护时，应对被告人的主张反复进行思考。可以说，张某是我遇到的一个很好的老师，我把这次辩护当作了反面教材。

⚖

虽然积累了大量的法律专业知识，通过了司法考试，但这并不代表自己就已经成为法律专家。知识也好，资格证也好，都只不过是成为专家的基本条件。只有经历大量的实战并从中洞察事理、收获智慧，才能称得上专家。也只有达到这种水准，才能给当事人提出负责任的判断和建议。仅凭从书中学到的知识就去作判断，这种行为是幼稚的，其所带来的危险可能超乎想象。从我过去的经历来看，确实如此。

22

站在高手的视角看世界

这是二十多年前的故事。

22. 站在高手的视角看世界

当时我供职的律师事务所按部门每年举办一次两天一夜的工作坊活动。我所属的部门民事诉讼组组织了一场二十名同事全体出动的活动。之前是去龙仁或春川，这次有很多同事建议去远一点的地方，所以我们把目的地定在了束草，并且决定租一辆大巴。

第一天下午到达束草的酒店后，我们简单地开了一场研讨会，晚上便开展团建——新鲜的生鱼片配着美酒，一直喝到深夜。大部分人都酩酊大醉，第二天早晨能按时起来好好吃早餐的寥寥无几。负责总务的金律师计划让大家到 A 荞麦面馆吃午餐。

"来束草，就一定要去尝尝这家面馆的面。这家面馆非常有名。"

以前来过束草的几位同事纷纷赞成。这让我不禁好奇起来。我们的大巴从市内出发驶向郊区时，都过十二点了，肚子也确实感到饿了。此时有人指着窗外大声喊道："啊，就在那里。"

金律师俨然一副导游模样，对我们说道："这家不是。这家是'山寨'的。因为出名了嘛，所以就有了很多挂着相似招牌的店。"

过了一会儿,又有一位喊了起来:"噢!这家是!"

金律师听到后,又摆摆手说道:"不是,不是,这家也是'山寨'的。哈哈哈!"

于是,大家对那家正宗的 A 荞麦面馆愈加好奇起来。大巴行驶在乡村小路上,又拐了一个弯后,一个大型的停车场赫然在目,正宗 A 荞麦面馆终于出现在眼前。我们内心悸动着,急忙下车。去圣地朝拜的旅人心情也不过如此。

啊,可是还有一个难关在等着我们。入口处已经排起了长队,面馆工作人员在忙着发号码牌。我们的号码是 80 号。

我不禁纳闷,究竟有多好吃才要排这么长的队。等候的人脸上的神情既有不满又有期待。我们垂涎欲滴地等了大概二十分钟,终于进入了面馆包间。菜单上竟然只有荞麦凉面、荞麦煎饼和绿豆煎饼可选。墙上挂着知名艺人的亲笔签名,贴着面馆的网址。这时,充当我们大家长角色的前辈律师向正在为我们服务的服务生说道:"这里生意很好啊!外面还有那么多人等着,我们都快饿死了。"

听罢,服务生面带愧色地回道:"真抱歉!原来不会排成这样的,但两个月前主厨辞职了,所以厨房那边总是出问题。"

崔律师是一位有着二十多年经验的律师,表面上大大咧咧、吊儿郎当的,但实际上内心缜密。他有着卓越的书面写作能力,可以有理有据地把书面工作整理得井井有条,在庭审中也会出人意料地抓住对方的弱点进行锐利的质询。他不仅是我们律所的后辈眼中的天才，也是其他律所的律师们的榜样，早已名声在外。

崔律师问道："没有在首尔开分店吗？要是开分店，生意应该也会很好的。"

"我们社长以前也说过想在全国各地开分店，但是后来进展得不是很顺利。具体的我也不是很清楚。"

也不知道是这家店的东西真的很好吃，还是因为我们肚子太饿了，总之我们吃得津津有味。

所有行程结束后，我们便启程返回首尔。在大巴上，可能是太累了，大家都睡着了。我也正打算睡一会儿时，崔律师叫住了我。

"曹律师，好不容易来一趟束草，就这样空手而回，岂不遗憾？我和你说件事，你可以记一下，今晚或明天处理吧。我觉得曹律师做事利落干脆、值得信赖，所以才想安排给你。"

啊，这时候还安排我工作。虽然有点不情愿，但为了不让前辈察觉，我依然挤出了表示感谢的表情并且动笔记录他的指示，记笔记时忍不住喃喃自语起来。

"这位前辈的脑子里到底装着什么，做到这种程度，真的是夏洛克·福尔摩斯了。"

我回到家稍微休息了一会儿，就开始处理前辈给我布置的

"作业"。我在网上找到了 A 荞麦面馆的网站，点击了"给管理员发邮件"模块，然后以前辈说的内容为要旨发了封邮件。

※ 请务必将此邮件发送给贵社社长

您好，我是在 ××× 律师事务所供职的曹祐诚律师。因为律所的活动安排，我去了束草，并且有幸到访了贵餐厅。贵餐厅食物真的很美味，我吃得很开心。在造访贵餐厅的过程中，我有几点感受，想和您分享。

第一，类似商号过多。贵餐厅周边有多家名字相似的面馆，这很可能让第一次前去贵餐厅的客人产生误解。这样模仿著名商号的行为属于"不正当竞争行为"，这种不正当竞争行为会让消费者感到困惑，所以被法律所禁止。该相关法律就是《反不正当竞争和商业秘密保护法》。对于此种行为，应对方式之一是以律师的名义向使用类似商标或名称的企业发送律师函，要求其停止使用类似商标或名称。

第二，员工离职可能导致工艺泄露。贵餐厅的烹饪方法、调料的生产及配比有着其他餐厅难以模仿的独特之处，这些信息可通过"商业秘密"进行保护。如要保护商业秘密，就要约束员工。对应的法律依然是前文提到的《反不正当竞争和商业秘密保护法》。不过，要保护好商业秘密，程序上非常复杂，其中一点是，需要员工签订相应的协议。我认为这个过程需要律师的协助。

第三，特许经营相关问题。如果贵餐厅以开设分店的形式进军包括首尔在内的大城市，我想会受到食客们的热烈欢迎。但是，如果想以特许经营的方式扩大经营版图，这也需要通过严谨的法律程序。相关法律是《加盟事业交易公平促进法》。

我们事务所曾为××炸鸡、××比萨等餐饮品牌的特许经营提供咨询服务。如果您对特许经营感兴趣，可以随时拨打电话。我们可以为您提供专业的服务。

我的联系方式是010-×××-××××。

我很好奇A荞麦面馆的老板收到邮件后会有什么反应。结果第二天我就接到了对方的电话。对方的第一句话是这样的："啊，真神了，您怎么一下子就说到了我的苦恼呢？"

他进一步讲到，最让他头疼的是厨师流失带来的商业秘密被泄露的风险。其次，诸多类似的商号也是一个问题。他没有商标权，因此认为自己采取不了任何措施，收到我的邮件才知道并不是非要从商标这里寻找应对方案，"不正当竞争"也是一个突破口。谈到特许经营，他说，其实周围时不时有人咨询加盟的事，他确实有此想法但不知该怎么做，收到我的邮件后，他决定好好尝试一下。

受A荞麦面馆老板的委托，崔律师和我处理了几项事务。在处理这几项事务的过程中，A 荞麦面馆的老板又向我们提出了新的咨询，因此，总的法务咨询费用着实不菲。崔律师说这笔收入是因为去束草开展团建产生的，所以要用在下一次团建上。因此，当年冬天我们去了龙坪。像崔律师这样，高手出招，一招便切中要害。

⚖

一个人如果在一个领域积累了二十来年的内功，就可能成为这个领域的高手。高手能够看到、感受到"中手"和"下手"所看不到的东西。从一层看到的风景和从二十层看到的风景，一定大有差别。如果看外表叫作"见"，那么透过现象看本质则可以称为"观"；再进一步讲，看到问题关键并找到解决问题的方法的境界，便是"诊"。成为高手的路很长，也很艰难，但这正是值得我们孜孜不倦地去追求的事。

23

一切解决问题的头绪都在于人

崔熙中是因熟人介绍而认识的人。

23. 一切解决问题的头绪都在于人

崔熙中比我小两岁,不知从什么时候开始,我和他就处成了兄弟。他说自己以前的生意做得很大,但后来破产了,家庭也支离破碎,一个人住在狭小的单间公寓里。

他和我都对中国传统典籍很感兴趣,一有时间我们就以尚且浅薄的认知就《论语》《周易》《史记》交流心得。我的大部分工作是处理处于纠纷旋涡里的人的矛盾,压力不小,因此偶尔和他探讨一番,会给我郁结的心情带来些许清凉的感觉。

有一天,他说要结束过去两年的蛰居生活,开始新的事业。我由衷地为他感到高兴。我虽然不清楚他在过去的那段时间里经历了什么,但很清楚一个年轻人长期蜷缩在屋子里是不可取的。他想要重新开始的事业以信息技术为基础,对此他充满了期待。

但有一天,他突然给我打来了电话:"哥,我是熙中。我现在在江南警察局,我被逮捕了。"

"什么?被逮捕了?为什么?"

"哥,我……这段时间我没有告诉你,其实我被起诉了,目前是起诉中止状态。今天遇到了临时盘问,我被抓了……"

他说得东一榔头西一棒槌的,思绪混乱,毫无逻辑。这是怎么回事?如果被控告的人销声匿迹,那刑事案件就会被暂时搁置。检察机关就会对这样的案件作临时中止处理,并对在逃的被告进行通缉。崔熙中便是被通缉的人。

我急忙跑到江南警察局的看守所。此时的崔熙中,一方面处在惊讶和惊慌之中,另一方面因为欺瞒了我而感到抱歉,都不好意思抬头。

"对不起。我不是故意欺瞒你的。"

"没关系。我是律师。告诉我到底发生了什么事。"

崔熙中经营的公司在破产清算后与多名投资者的关系开始恶化,其中,投资了2亿韩元的方社长对崔熙中提起了刑事诉讼。崔熙中便销声匿迹了。

"老实说,其他投资者都知道我为公司付出了多大的努力,所以对于破产的事情也能有所同情,但方社长一直咬着我不放。当然,生意没有做好,我承认我有错,但他带着流氓到我家里来闹事,还扣押了我妻子的工资,弄得我妻子和我离婚了。一想到这个人,我就恨得咬牙切齿。"

我这才知道崔熙中与家人分开,过着与世隔绝的生活的原因。一想到那样的生活该有多艰难,我就为他感到心疼。

23. 一切解决问题的头绪都在于人

不管怎么说，过去的事情已经过去了，现在应该把精力集中在解决问题上。方社长起诉崔熙中的罪名是"诈骗"。但若要使"诈骗罪"成立，就必须证明崔熙中说谎在先，方社长因被骗而向崔熙中投资2亿韩元是事实。

当时，崔熙中向投资者们举行了说明会。说明会的大部分内容都是对项目的说明，但为了吸引投资者，崔熙中也向他们表明了投资前景一片光明的意思。然而在收到投资资金后，半导体行业迅速"唱衰"，崔熙中的事业陷入了困境。

归根结底，与其说崔熙中对投资者说了谎，不如说他当时对自己事业的预期过于乐观。然而，半导体行业停滞，经营变得困难，公司最终破产，因此方社长主张崔熙中故意犯下诈骗罪这项起诉，是有充分的反驳余地的。我问崔熙中："你明明可以直面问题，为什么要逃跑呢？"

"当时根本没有勇气面对这些。我的事业转瞬成了泡影，和妻子也分开了，绝望时甚至尝试过自杀。然后时间就这样过去了。"他说着便轻轻闭上了眼睛。

"现在反而好了。之前我每次出门都很焦虑，在街上看到警察就会心惊肉跳，现在心里反而痛快了。我想我因罪过受罚后，就可以安心地生活了。"

崔熙中像是终于放下了压在心头的那一块石头，但我不能就这样眼睁睁地看着他受到刑事处罚。更何况，他现在正处于重新开始自己事业的时候。

最初接受投资时，崔熙中是否存在"诈骗的故意"，这在法律上可以进行充分的辩论。但不管怎么说，崔熙中潜逃近两年这件事让人不得不对他产生怀疑。调查官可能会先入为主地认为崔熙中是因为良心有愧而这样做。

问题发生的时候，应该直面它。人生中的每一个问题，都要好好应对，否则问题始终存在。遗憾的是崔熙中当时不愿面对。

我知道在处理案件时投入个人感情是不当的，但这件事就像发生在我亲弟弟身上一样，我因此更加苦恼。

我对崔熙中说接下来我会为他辩护，让他放心。我向他强调，该案的核心是他是否向起诉人方社长说了谎，继而吸引到了投资。因此，他要陈述在接受投资时，半导体行业经济前景良好，因此向投资者们表达了前景乐观的意思，而绝非说了谎。

崔熙中被捕当天的晚上就被移送到了南杨州警察局。第二天一大早，我在得知警方将对崔熙中进行第一次调查后，就赶到了南杨州警察局。负责该案件的调查官是三十多岁、眼神锐利的尹采东警卫。

我递出名片，尽量郑重地说："我是昨天从江南警察局被移交过来的崔熙中的辩护律师。"

"好的。马上就要开始调查了,您要参加吗?"尹警卫瞥了一眼我的名片,淡淡地问道。

他其实是在问对崔熙中进行调查时,我是否会坐在旁边。当然,我可以坐在旁边,这样可以协助崔熙中把握陈述方向,也可以从辩护律师的立场就调查官的提问向崔熙中提供回答建议。这样看似对崔熙中有利,但实际可能引起调查官的反感。

于是,我笑着说:"我没有必要参加。今天只是过来打个招呼。我会在外面等候。"

我向尹警卫解释了我为崔熙中辩护的原因。一个在逃两年的诈骗嫌疑人突然委托了一位来自大型律所的律师做他的辩护人,作为调查官,尹警卫可能怀疑嫌疑人隐匿资金。我想避免那种误会。

"事实上,这个嫌疑人是我在步入社会后才认识的,但已经成为兄弟了。我也是最近才知道他被起诉及起诉中止的事。他周围没有可以帮助他的人,生意破产了,也离婚了,所以我站出来帮他,为他进行免费的辩护。"

我同时向调查官说明了请他们在调查过程中多加留意的部分。

"我只想拜托调查官您一件事。现在原告起诉的罪名是诈骗,但调查官您也很清楚,如果要使诈骗罪成立,那么得是被告真的欺诈了原告才行。但据我所知,被告在吸引投资的时候,虽然多少夹杂了一些夸张描述,但这也是为了吸引投资,并不是故意欺骗投资人。然而在收到投资资金的一年后,半导体行业迅速走低,被告所经营的公司在行业连锁破产效应中难以为继是事实。当然,收到投资资金却把公司经营到破产的人的确也没有多少理由抗辩。但即使这样,也不至于要在法律层面上承担诈骗罪的罪责。希望调查官能重点关注被告是否真有欺诈原告的事实。"

尹警卫听了我的话,点了点头,爽快地回答了我:"好的,我知道了。很多时候投资人在决定投资的时候会无条件地相信被投资人,但是如果进展得不顺利,就会和被投资人闹得不可开交。总之,我会详细地查证。"

现在,至少可以预判调查官不会把崔熙中看得很坏,因此我放心了。我在外面等着,崔熙中的手被铐着带到了调查官那里接受调查。调查进行了大概两个半小时。

调查结束后,尹警卫对我说:"第一次调查大体上结束了。但是因为崔熙中逃了两年,所以检察机关要求我申请逮捕令,但在我看来没有必要对他进行逮捕。所以如果律师您能够保证他到时候出庭,那我可以向检察机关说明,争取不予批捕的决定。"

"是的,我能保证被告出庭。如果您需要,我可以在相关文件上签字。"

我在尹警卫出示的文件上签字后,带着崔熙中走出了警察局。

"谢谢你,哥。那么,接下来的调查将会如何进行呢?"

"这次是对你的第一次调查,下次调查官会叫上起诉人的,

23. 一切解决问题的头绪都在于人

然后会让你和起诉人对质并汇总调查结果,之后便会移交给检察机关。目前的趋势是,对于这样小的案件,检察机关不再直接进行调查了,因此调查官尹警卫得出的结论非常重要。调查官向检察机关提交调查文件的时候会附上意见。如果他认为你有罪,就会附上'建议起诉'的意见;反之,就会附上'建议不起诉'的意见。我们现在最好让尹警卫附上'建议不起诉'的意见。"

⚖

我很感谢尹警卫。他不仅认真倾听了我的陈述,还对崔熙中进行了不拘留处理,所以我想找个方式表达我的感激。然而辩护律师要对正在进行案件调查的调查官表示感谢,能用什么方式呢?思来想去,我给在警察局任职的朋友打了电话,询问他有什么办法既能向调查官表示感谢,又不给对方带来负担。

"你可以在他们警察局网站的自由留言板上写点什么。这对他以后的升职会很有帮助。"

"是吗?那很好。这一点我可以做到。"

但是目前案件正在调查中,所以此举要避免被认为是"请好好关照我的案件"之类阿谀奉承的词。要想不越过这条界限,同时又表达出感激之情其实并不容易。

我登录南杨州警察局网站,看到了留言板上的留言。有相当多的帖子是"×××调查官对案件的调查有失偏颇""为什么不好好管理信号灯""我举报多久了，迟迟不见行动"之类表示不满的。

我做了一下深呼吸，然后开始发帖。根据之前去警察局时悄悄查看到的调查官名单，经济2组中姓尹的警卫只有尹采东一人。因此，即使不透露姓名，只要写上经济2组的尹警卫，警察局内部就都会知道。

两周后，尹警卫打来了电话，说要进行对质讯问，让我带崔熙中去警察局。我回答说知道了，正想挂电话的时候，尹警卫说："还有，曹律师，谢谢您。监察部门看到我们警察局网站上的留言后联系了我。下个月我将收到模范调查官的表彰。我也没特别做什么，是您把我写得太好了。"

"只要没有给您添麻烦就好。我真的是很感谢您才发帖留言的。我明天会带崔熙中过去。"

和调查官的纽带维系到这种程度，已经非常好了。我内心大呼快哉。然而第二天要与原告当面对质，即使调查官再友好，如果原告坚持主张被告应受到处罚，调查官的选择余地也会相应地变窄。

在去南杨州警察局的车里，因为时隔两年将要再次见到方社长，崔熙中看起来显得非常激动。他觉得自己现在的人生一团糟，都是因为方社长做得太过了。

我向崔熙中解释："现在你千万别和方社长对着干。如果你惹得方社长对你死缠烂打，你的调查就一定不会有好的结果。你要想想司马迁在《史记》中记载的韩信所受的'胯下之辱'。韩信因为胸怀大志，即使村里的流氓来滋事，他也忍着。所以如果你有远大的志向，你就应该忍受那些小的屈辱。你现在不是正在启动自己新的事业，希望东山再起吗？那么就好好地和之前的恶缘告别吧。向起诉人低头，诚心道歉。你务必这样做。"

我就这样带着他进了警察局，随后看到尹警卫面前坐着一位六十多岁性格看起来比较固执的绅士。我做了一个深呼吸，这是一个重要的时刻，我向尹警卫简单地行了个点头礼，然后向那位绅士行了90度的弯腰大礼，继而递上了我的名片。对方以一副不情愿的表情收下了。

"初次见面。我是崔熙中的辩护律师曹祐诚。我负责跟进这个案子。您就是方社长吧？这段时间您肯定也吃了很多苦吧？干什么呢崔社长，还不赶紧过来打个招呼。"

崔熙中谦虚地向方社长行点头礼。

"你之前一直躲着，现在怎么成这个样子了呢？以前那个风光的崔社长怎么会变成这副样子呢？"方社长看到了许久未见的崔熙中，似乎感到非常惊讶。

我向方社长解释说："是的，他呀，做生意失败了，都离婚了，一个人到处流浪，就到了这个境地。"

"什么？离婚了？"

"是的，因为被债权人催债催得厉害，最后就成这样了。哪怕是再亲密的夫妻，也很难忍受这种情况吧。"

在那一瞬间，方社长好像想起了自己以前做过的事情，露出了不好意思的表情。

"社长，这段时间您一定很辛苦，但崔社长他现在一无所有了。您再怎么起诉他，他也没有什么财产可以赔偿您的。如果您放他一马，那他一定会不胜感激。"

方社长气鼓鼓地反驳道："我这段时间也很辛苦。如果能联系到他，我就不会这样了。他忽然就消失了，这不是无视我吗？"

"他离婚后，好几次试图自杀。因为对方社长您感到抱歉，没脸联系您。总之很抱歉，方社长。"

我说完便再次向方社长颔首行礼。之后进行了大概一个半小时的对质讯问，对质讯问结束后，尹警卫叫住了我："好像解决得很好。原告也许会撤诉。"

"什么？撤诉？这真难得。"

"我也向原告再三解释了。这个案子，很难让诈骗罪成立。被告为了获得投资，在说明会上说了一些美化前景的话，但不能仅凭这一点就认定其欺骗了投资人。即使原告不撤诉，我也会对这起案件做出'建议不起诉'的意见，提交给检察机关，所以我尽力说服原告，请他谅解被告。出乎意料的是，原告听取了我的建议。估计原告也是因为了解了被告目前的状态，觉得被告确实没有钱了。"

之前紧绷的弦顿时松下来了。第二周，议政府市地方检察厅下达了不予起诉决定书。崔熙中的刑事处罚风险消除了。虽然辩护时间仅仅用了三周，但我为之尽了最大的努力。

⚖️

律师担任案件的辩护人，首先会梳理该案件的法律关系，继而以法理为基础，在与侦查机关对立的情形下为当事人据理力争，挖掘侦查机关的漏洞。虽然《刑事诉讼法》教科书说律师和侦查机关的关系总是紧张对立的，但是在实际的刑事辩护过程中，律师会发现其实并非完全如此。

同为刑事案件中的重要角色，调查官、原告和被告都是人——是人在对人提起诉讼，是人在调查人。因此可以说，所有关系的中心都是人。人是理性的存在，也是感性的化身。也可以说，人难以摆脱情感的束缚，其本身就会影响自身的理性判断。

刑事案件中各方之间的情感冲突比民事案件中的更为激烈。然而在激烈的情感对立中，如果能够顾及对方、尊重对方，那么也就更容易打动对方。

经验不足的律师往往不会从情感上分析各方立场，而会倾向于关注案件本身。等到积累了一定的经验后，律师就会着眼于案件中各方的情感，因为知道了解决方案就在各方中间。从这个意义上说，一起刑事案件的辩护若要达到出色的境界，则要将人的心理、微妙的人际关系、细微的语言差异及案件本身综合考虑。

24

向亚里士多德学习说服的技巧

N建设的咸部长不断地叹气。

24. 向亚里士多德学习说服的技巧

"律师，我真的很为难。如果许可认证被推迟，一天的损失额将达到1000万韩元。社长要求我们马上解决，但是这个'钉子户'似乎根本没有要妥协的意向。我们想请您在本周内采取法律措施，争取尽快解决。"

事情是这样的。N建设为了启动位于首尔××洞的写字楼工程，正在申请许可认证，但住在该区域的金某以在自己的公寓里俯瞰汉江的眺望权受到侵害为由，持续向管辖区政厅提出信访。于是管辖区政厅向N建设通报说在该信访问题得到妥善解决之前，不予批准。

对于N建设来说，工程启动得越晚，贷款利息的负担就会越重。咸部长要求我对金某提起"禁止妨害工程假处分"，并在刑事上以"妨害业务罪"起诉。

我回应说在采取法律措施之前，要先确认几个事项。在那么多居民中，唯独金某一人强烈抗议，这一点令人感到奇怪。所以要确认N建设是否了解过金某的个人信息，此前N建设派的是哪

231

个职员、以什么方式和金某沟通的。

他们回答说金某是个六十多岁、性格顽固的男人；最初代表N建设前去沟通的职员对金某说过"法律上是不承认眺望权的，如果非要继续上访，只会让彼此都很受累。而且，我们公司可能会对你采取法律措施。你还不如识趣一点接受赔偿，停止妨害施工的行为"。对此，金某气道："即使要闹到大法院也没关系。我们走着瞧吧。"看来是N建设前去沟通的人的言辞引起了金某的反感。

从我的立场来看，作为律师，委托人付我酬劳，我按照他们的意愿采取民事、刑事上的措施就可以了，但这样似乎不能从根本上解决问题。考虑再三，我劝咸部长先积极与金某协商。

我提议的方案是这样的。首先，从N建设挑选一位四十岁以上的管理人员作为沟通人员出面，而不是派出年轻的代理级职员，并从尊重金某自尊心的立场出发最大限度地进行沟通。另外，我还建议前去沟通的管理人员要告知金某"在N建设内部，有主张通过法律手段应对该问题的强硬派和主张双方互相让步的温和派，并且表明自己是作为温和派代表来的"，同时我还建议要制定不会给N建设带来负担的策略。

N建设召开了内部会议，把以为人和善而闻名的营业部的朴部长定为沟通代表。朴部长买了一箱红参液去了金某家。虽然金某一副不情愿的样子,但还是让朴部长进了门。

朴部长待金某坐下后,想要行大礼问候。金某摆出不必的手势,朴部长依然平和地边行大礼边说:"我是在乡下长大的,从小就知道去拜会老人家时一定要好好行礼。"

朴部长环顾房子内部,打开了话匣子:"老人家您家装修得真漂亮啊!哇,汉江的景色真好。如果这种景致被遮挡,我心里也会感到不舒服。顺便问一下,您这房子是怎么买到的?"

在朴部长温和的话语下,金某的心变软了,他边给朴部长倒茶边说自己的故事。十多年前,妻子去世后,他便在独立抚养两个儿子的同时艰难地攒下了钱买下了这套房子。看来金某深爱着这所房子是有原因的。

朴部长自然而然地把谈话的主题转向了金某的两个儿子。金某自豪地谈起了目前在大企业工作的大儿子,但也忧虑地说,二儿子退伍后到现在还没有找到工作。朴部长认真地倾听着。

随后,金某声讨道:"N建设难道可以这样随心所欲地建写字楼吗?"在谈话过程中,朴部长发现了金某真正生气的原因,原来是N建设的年轻代理来找他的时候,高高在上地拿法律和判例,以"我们会按照法律行事,你坚持也没有用"这样生硬的方式来劝服。金某当时感到受到了侮辱。

朴部长忙点头郑重道歉:"对于这一点,真的是我们失礼了。"

朴部长发现客厅里放着高尔夫球练习装备,就问金某是否喜欢高尔夫球。金某说他唯一的乐趣就是每月和朋友们在公共高尔夫球场打上一次。

⚖

充分听取了金某的话后，朴部长开始讲自己要说的。这次的写字楼工程，对 N 建设内部来讲，也是投入了大笔资金的，不能再推迟了，因此前来拜访，然而来到这里一看，才知道这所房子对这位房主来说有多珍贵，因而自己也想圆满地解决问题。

从现实上看，无论是在现行法律还是在判例上，与在一定时间内接受阳光照射的日照权不同，观看美丽景观的权利——眺望权——在法律上并没有得到认可，朴部长以恭敬的态度对此进行了说明。

听完，金某给了朴部长意料之外的回答："我也知道。也确实是这样的，我知道法律是怎么规定的。"

在金某也承认自己的主张很难被接受后，朴部长趁机提出了两项提议：一是给现在正在为就业而努力的二儿子提供在 N 建设的子公司实习的机会；二是每月为金某在 N 建设采取会员制的高尔夫球场提供一次免费服务，让他和朋友们一起享受这项运动。

一听说 N 建设要给二儿子提供实习机会，金某感到十分惊讶。他是失去妻子后独自将儿子抚养长大的，因此情感上有更多的牵挂，金某表示"如果您不介意的话，我想请您帮这个忙"。金某对提供高尔夫球场免费服务的好意也表示了感谢，但还是拒绝了。不管怎么说，朴部长的好意算是得到了充分的传达。

朴部长和咸部长一起来到了我的办公室，详细讲述了和金某见面的细节。我听完，觉得朴部长是真心尊敬长辈的，而且在与金某当面沟通的过程中，也为理解对方的感情而努力了。

"您觉得会怎么样？"法务负责人咸部长焦急地询问我对后续进展的看法。

我给出了充满希望的回答："朴部长应对得很好，我觉得会有好消息。"

朴部长拜访金某的第二天，金某就去了管辖区政厅，撤回了之前提交的信访材料。朴部长按照约定将金某的儿子招为N建设子公司的实习生，为了让其更好地适应公司环境，还亲自担当了导师的角色。而且，朴部长还经常邀请金某一起打高尔夫球，与他保持着良好的关系。

如果N建设对金某申请禁止妨害工程假处分或以妨害业务罪提起刑事诉讼，金某也会用尽法律允许的所有应对措施，因信访引发的法律纠纷的审理时间将持续六个月以上。在朴部长的努力之下，N建设没有让金某的内心受到进一步伤害，也节省了20亿韩元。

这对我来说也没有什么损失。如果按照委托人的意愿进行民事、刑事上的措施，我可能会多得一些律师费，但是，建议委托人通过沟通协商解决问题更能给人留下良好的印象，此后N建设对我的信任度也进一步提升了。

朴部长在当年年末的定期人事调动中晋升为了理事。可以想象,当他得知对自己的晋升起决定性作用的是圆满解决了工程"钉子户"信访问题时,他该有多欣慰啊!

⚖

古希腊哲学家亚里士多德在《修辞学》一书中说,说服他人需要三个要素,即逻辑(Logos)、情感(Pathos)和信誉(Ethos)。

逻辑是指说话者的言辞应具有逻辑性,情感是指听者的心理和情绪,信誉是指说话者应具有良好的品性。亚里士多德说,在上述三种说服要素中,最有力的是信誉,一次成功的说服会经历以下过程。

首先要从对方那里获得好感,得到肯定的评价,然后唤起对方的感情,并为其行为的改变提供逻辑依据。

第一次前去金某家的N建设员工完全是公事公办的,这种先亮出"眺望权在法律上不被承认,因此妥协才可以得到赔偿金,撤回信访对你有利"的沟通方式,使得金某听到之后立刻拒绝了,表现出了"我们走着瞧"的态度。金某的心受到了伤害,所以无法再做出理性的判断。

第二次去的朴部长,先以礼貌的态度获得了对方的好感,关注对方最关心的事情,也就是其小儿子的就业问题,同时从逻辑上阐述了眺望权在法律上很难得到认可的事实，因此说服了金某。

正如美国著名教育学家、哲学家约翰·杜威（John Dewey）所说，"在人类的天性中，最深层次的冲动便是渴望受到重视"。[①] 我们很难用逻辑说服正在生气的人，重要的是要把握对方内心的需求。把法理放在首位并非最有效的方法。

[①] 英文原句为"The deepest urge in human nature is the desire to be important"。

25

我选择做律师的原因

1991年，我通过了司法考试，接着度过了两年的司法研修生活。

25. 我选择做律师的原因

1992年，我在司法研修院接受了多种实务教育，1993年在法院、检察厅、律所完成了一定时期的实习。

当时我似乎怀有一个要在进修课程结束后成为检察官的信念。我的祖父和父亲都是公职人员，总对我说"祐诚一定要当检察官"，这几乎成了口头禅，也渐渐让我对成为"为社会正义而努力的检察官"产生了憧憬。

1993年1月到4月，我在首尔南部地方法院度过了我的实习审判员生活；1993年5月到8月，我在釜山地方检察厅度过了我的实习检察官生活。在釜山地方检察厅实习的第一天，我的心情非常激动，当时我想，我终于可以体验今后在检察机关的生活了。

在检察室，我要做的就是面对嫌疑人，再次确认他们对警方的陈述，并补充遗漏的部分、填写调查记录。简单地说，就是写一份请愿书，大致意思是"这个人确实犯了这种罪，请对他予以处罚"。

实习检察官们缺乏经验，不会参与调查复杂的案件，而是处理那些嫌疑人已经向警方供认自己犯罪事实的，或者损失不大的案件，因此在调查过程中我并没有遇到太大的困难。

⚖

我在检察厅被分配的第一起案件是俗称"阿里郎小偷（盗窃罪）"的案件。向喝醉了而神志不清的人下手，偷他们东西的人被称为"阿里郎小偷"。进一步讲，如果这个喝醉的人清醒过来，但"阿里郎小偷"继续行窃并使用暴力，从那一刻起，他们的行为就会构成俗称的"抢劫"。

我所处理的案件的要点是：大学生金××于1993年4月×日23点30分左右在釜山北区万德洞附近，从喝醉了酒倒在街上的受害人崔××西服的上衣口袋里掏出了钱包，窃取了其5万韩元现金。

金某在犯罪后被附近的巡逻人员抓了现行，已经向警方供认了所有犯罪事实。他在不拘留状态下接受了我的调查。我听完金某对犯罪的所有细节的供述后，问他为什么要这样做。

原来，金某的母亲被诊断为乳腺癌Ⅱ期，需要大笔钱去治疗。家里父亲早逝，弟弟又年幼，现在能赚钱的只有他，所以金某白天上学，晚上在附近的工厂打工。那天金某在打完工回家的路上，发现受害人已经喝醉了倒在了地上，在受害人翻身的时候，金某看到了他西服鼓鼓的口袋，瞬间产生了不该有的想法。

25. 我选择做律师的原因

听金某说完,我心里很不是滋味。我整理了金某陈述的犯罪事实,也将金某的个人情况详细地记录在了嫌疑人审问调查书里。而且,我知道了金某在大学时获得过奖学金、做过志愿者的事,所以我便将这些内容也写进了嫌疑人审问调查书。

我把写好的调查书交给指导我的检察官,检察官的表情看起来有些为难,对我说道:"曹实习生,这不像检察官写的嫌疑人审问调查书,反而更像辩护律师写的辩护要点。你调查书里的后半部分完全是不必要的,还是把它们删掉吧。"

其实检察官的话是对的。作为刑事司法体系的组成部分,法官、检察官和律师各司其职。检察官提出对犯罪事实的具体主张和证明,律师要最大限度地从嫌疑人的立场为其找到争取酌情判定的理由,而法官要对检察官和律师的主张做出综合判断。我确实是在检察官的立场上扮演了律师的角色。我不好意思地挠了挠头。

⚖

还有一起违反"暴力行为处罚法"的案件。上班族朴××于1993年4月××日21时45分左右在釜山中区南浦洞××大排档与邻座的受害人——高中生吉××发生争执,愤怒地用拳头击打受害人,造成其眼部及面部等部位挫伤,大致需要三周才能痊愈。这是案件的要旨。

好端端的上班族为什么殴打高中生？我很是不解，但我还是克制住了自己，详细地讯问了朴某殴打受害人的理由。

据他说，那天和朋友一起去了大排档，看到了在旁边抽着烟、吵闹的吉××。军官出身的朴某非常看不惯高中生们喝酒抽烟的样子。

他尽量礼貌地说："喂，同学们，稍微安静点吧。"然而吉××回道："哎真是的，真欠抽，大叔你还是管好你自己吧。"被惹怒的朴某顿时站起来喊道："喂！你说什么？你不是学生吗？"吉××驳道："学生又怎样呢？也没见你给我买过一支铅笔啊！"于是，两人推搡起来，最后朴某的拳头击中了吉××的脸颊。

我在嫌疑人审问调查书里简单地叙述了朴某的犯罪事实，同时有理有据地写明了当时朴某为什么那样应对的理由。我充满期待地看向检察官，等着他对我的审问调查书作出评价，他再次啧啧地对我说："呵呵，曹实习生的意见是不要对嫌疑人进行处罚吗？如果检察官采取这种温和的立场，那到底谁来维护法律秩序呢？这份审问调查书后半部分是完全不必要的，请全部删掉。"

就像这样，我的实习检察官生活并不顺利。这样的事经历了几次后，我产生了"检察官这个职业不适合我"的想法。

我的立场应该是，不管嫌疑人怎么说，我都应该表示"您有特殊情况，但您犯了错，这是事实。您可以把您的情况告诉您的律师"。有很多检察官能毫不费力地表现出如此坚决的立场，但我很难把嫌疑人的犯罪行为和那个人所处的无可奈何的境况分开考量。

最终，在结束了四个月的实习检察官生活后，我得出了结论：我的个性让我不适合做检察官。若以我这种个性做检察官，我会很辛苦，对组织也不好交代。因此，我选择走上了律师的道路，在实习过的律所开始了我的律师生涯。

我的名字是祖父取的，意思是"帮助他人之祐""诚实待人之诚"，祖父希望我成为对别人有所帮助的人。也许我的职业生涯追随了我名字的寓意。回顾我作为律师度过的人生，我最欣慰的是，我一直在做对处于困境中的人有所帮助的事。

⚖

在选择职业时要考虑很多因素，父母的期待往往是很重要的。我决定不做检察官而要做律师的时候，经过了一番曲折才说服父母。如果没有实习检察官的经历，我就不会有什么烦恼，而是能够满足父母的期待成为检察官。但如果是这样，我的内心可能会承受相当大的煎熬。

在选择职业时一定要考虑自己的性格，这样的忠告现在已经得到了普遍的认同。对我来说，正是实习经历让我了解了自己的性格，继而改变了人生的道路。因此，我对这样的忠告深以为然。

每个人都应从事适合自己性格的职业，如果违背性格特点来择业，身心都会感到疲惫。我认为真正的择业妙计就是穿上适合自己的"衣服"。